读客

读客三个圈经典文库

经典就读三个圈　导读解读样样全

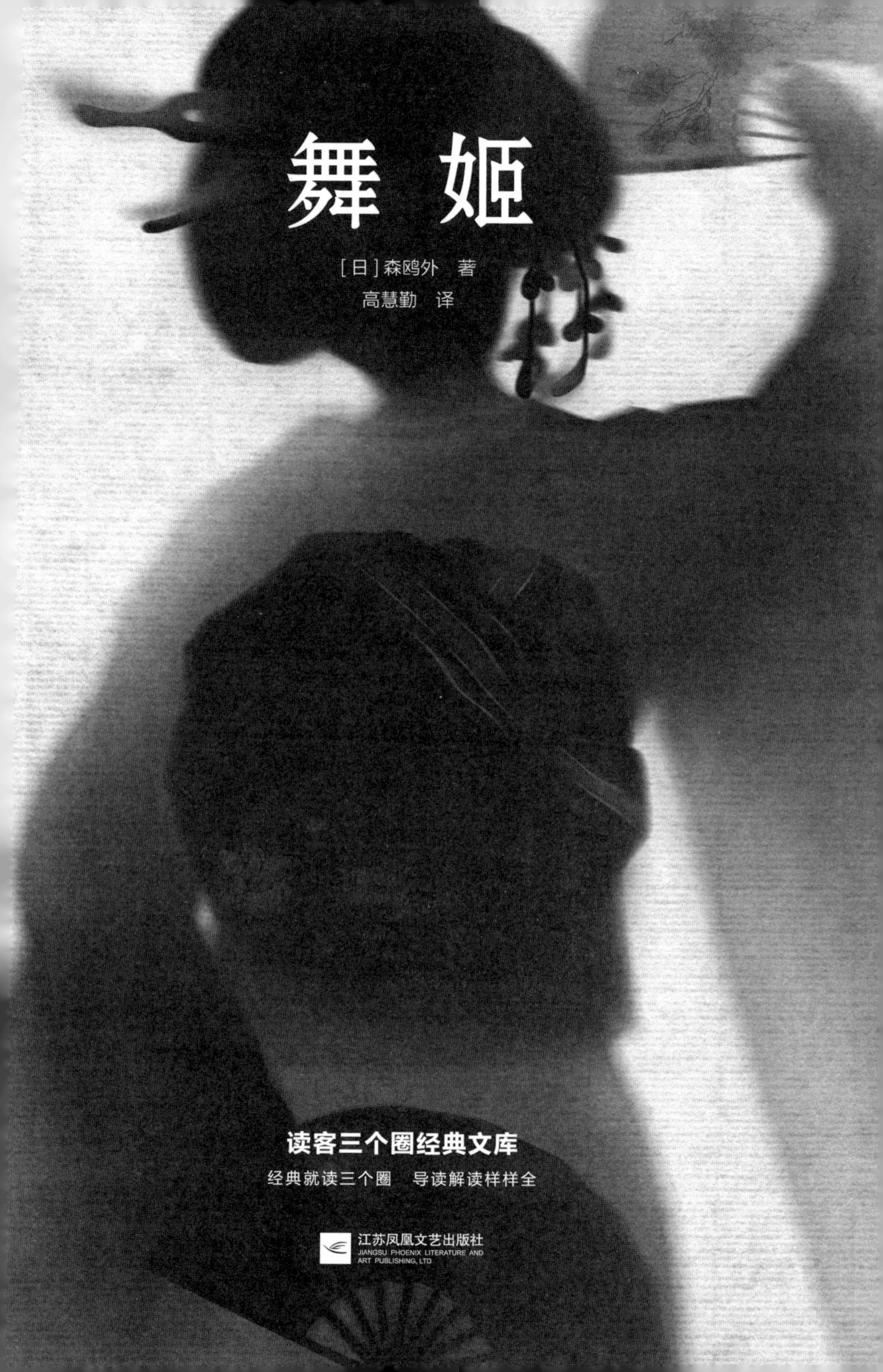

舞 姬

[日]森鸥外 著

高慧勤 译

读客三个圈经典文库

经典就读三个圈 导读解读样样全

江苏凤凰文艺出版社
JIANGSU PHOENIX LITERATURE AND ART PUBLISHING, LTD

まいひめ

もりおうがい

大正五年彫刻家武石弘三郎氏のアトリエにて撮影

森鸥外

（1862—1922）

目　录

译　序

鸥飞域外终森立

高慧勤

森鸥外（1862—1922）在日本现代文学史上，声望与夏目漱石（1867—1916）相埒，被推崇为明治文学的巨擘。

19世纪80年代，明治维新不过十多年，现代文学尚处于萌芽状态。1890年，森鸥外留德归国不久，便接连发表《舞姬》《泡沫记》《信使》等异域题材的短篇小说，令当时的读者耳目一新，开日本浪漫主义文学的先河。其评论和翻译，启蒙意义尤著，对日本文学的现代转型卓有建树，可以说是日本现代文学的奠基人之一。早在20世纪20年代，鲁迅先生即译过其《游戏》和《妄想》，此后半个多世纪，译界却少人问津，竟无一个译本行世，与夏目漱石的一书几译，恰成相反的对照。森鸥外在我国遭受冷遇，并非由于他的小说写得不好，就连夏目漱石的门生、著名短篇大家芥川龙之介，都受到他的影响。个中原因，恐怕与森鸥外非同寻常的生平不无关系。

森鸥外，本名森林太郎，出身武士家庭，祖上历代是藩主的侍医。自幼受武士道教育，通习儒家经典。明治维新后随父进京。1881年毕业于东京大学医学部，本想进文部省，却不得不按父母的旨意，就职于陆军部，在军医学校任教。三年后，奉命留德，研究卫生学。留学四年，在医学上得到深造的同时，西方的人文环境和先进的科学文化使他的眼界与胸襟也为之一变。他博闻强记，广泛涉猎欧美哲学、文学名著，研究叔本华、尼采等人的哲学思想，深受哈特曼美学理论的影响，为他后来搞文学、写评论奠定了坚实的基础。1888年回国，就职于军医学校，历任教官、校长、近卫师团军医部长、陆军军医总监，最后升任陆军部医务局长。中日、日俄两役，森鸥外均奉命出征，到过我国东北、台湾。1916年辞去现役军职，翌年任宫内省帝室博物馆总长，直至去世。

作为明治政府的高官，上层知识分子的代表，森鸥外的思想，既有进步的一面，也有守旧的局限。他自称是“留洋归来的保守派”，调和与妥协，是其处世原则。但是，西方的自由思想和民主精神，对他的影响很大，始终贯穿于他的创作中。自德国学成归来，有感于日本国内的落后闭塞，应时代的要求，森鸥外以“战斗的启蒙家”姿态，凭借他对西方哲学、美学、文学理论的深厚修养，在文化上进行全面的启蒙。他大量译介各类体裁的欧美文学作品，为当时的文坛提供多样的创作范例。所译安徒生的小说《即兴诗人》，曾获极高评价，被认为臻于翻译文学的极致。著名自然主义作家正宗白鸟年轻时读此译文，曾“喜极而泣”。森鸥外用自己的稿酬，创办评论刊物《栅草子》，旨在廓清当时文学批评理论上的混乱。与此同时，森鸥外也涉足创作，以自己留学期间的经历或见闻，用浪漫抒情的笔调，写成《舞姬》等短篇，显示出卓越的才华，赢得广泛的好评，产生深远的影响。

森鸥外的创作生涯不算长，前后也就十五六年。始于1890年，陆续发表“留德三部曲”《舞姬》《泡沫记》《信使》。1894年以后，由于军务繁忙，有将近十五年未写小说。直到1909年，才重返文坛，重要作品有：《性欲生活》（1909），《杯子》《青年》《花子》《游戏》《沉默之塔》（1910），《妄想》《雁》（1911），《兴津弥五右卫门的遗书》（1912），《阿部家族》（1913），《山椒大夫》《鱼玄机》《最后一句话》（1915），《高濑舟》《寒山拾得》《涩江抽斋》（1916），等等。因是业余写作，作品以中短篇为主。本书限于篇幅，只精选其中的八篇，俾读者能尝鼎一脔。

《舞姬》是森鸥外的处女作，也是成名作，被誉为日本近代浪漫主义文学的开山之作。小说通过青年官吏丰太郎与德国女郎爱丽丝的爱情悲剧，表现丰太郎自我觉醒后，在强大的天皇专制政权与封建因袭势力的压制下，不得不与现实妥协的悲哀。题材是作者根据留德的一段经历演绎而成。1888年9月，森鸥外回国不久，即有一名也叫爱丽丝的德国女郎追踪而至。森鸥外慑于官僚机构的重压与封建家庭的专制，不能不“考虑到日本的国情与森家的处境”，让家人出面斡旋，德国女郎最终颓然而返。但谁又能知道森鸥外内心的创痛？所以，两年后发表的这篇小说，既是其真实情感的流露，也是作者的一种态度。虽然不能断言丰太郎即是作者本人，不过，在丰太郎的身上，确有作者的影子在。小说的结局，是丰太郎牺牲爱情，走上求取功名之路，也是作家本人所做的选择。这固然反映了森鸥外思想的局限，但也应看到，以个人之渺小，处于当时那样的时代，如何能与强大的权力机构和封建的因袭势力相抗衡？森鸥外的女儿森茉莉曾说，父亲身上有一头狮子，意谓森鸥外有种叛逆精神。然而，那实在是头受伤的狮子。尽管鸥鸟一度外飞，越出国境，在异域的时空里，挣脱无形的羁绊，放意肆志，高扬浪漫精神，可一旦回到日本的现实，却不得不屈服、隐忍，压抑自我。小说所表现的个性与封建家族、自我与权力机构的矛盾，实已超出功名与爱情的对立，凸现了日本现代化过程中，最根本也最具普遍意义的问题。名作家佐藤春夫说得好，《舞姬》写的是“封建的人转变为现代人的精神变革史”。

像这类表现个性解放的反封建主题，贯穿于日本文学现代化的始终，也是森鸥外创作的根本精神。随后发表的《泡沫记》（1890）与《信使》（1891），也属其留德生活系列小说，围绕同一主题——人的觉醒展开。作者以同情与赞美的笔调，塑造了两个具有独立精神与高贵品格的女主人公形象。《泡沫记》中的模特儿玛丽，尽管处境卑微，依然洁身自好，宁死也不肯委身于恶势力，始终维护她做人的尊严。《信使》中的伊达小姐，则喊出“我虽生为贵族之女，但我也是人”，抗议封建门阀牺牲爱情的婚姻制度。

三篇小说无一例外，都是以悲剧结局：爱丽丝遭遗弃而发狂；玛丽溺水身亡，如同泡沫一般陨灭；伊达则毅然走进“只知礼而不知情，等于是罗马教廷”的深宫，埋葬花样的年华。小说里氤氲着浓浓的悲凉意绪。由于题材取自作家的留学生活，分别以19世纪的柏林、慕尼黑和德累斯顿为背景，展现出一幅幅绚丽多姿的异国风情。《舞姬》采用的是自白体，主人公内心的隐痛、愧疚与忏悔，曲达以尽；加之主题表现的是觉醒后的悲哀，通篇流溢着浪漫的感伤。《泡沫记》尤富于传奇色彩，慕尼黑周边的风景，写得如诗如画。而《信使》中所描摹的西方宫廷的豪华辉煌，更是绘声绘色。三岛由纪夫曾说："日本作家中，能有幸亲历欧洲宫廷生活和贵族社会的，森鸥外是第一人，也是最后一人。"至于小说的文体，森鸥外当年就《舞姬》自撰广告时，不无得意地称："将优雅的日文、雄浑的汉文，以及精巧的西文，熔为一炉，开创一代新文风，呈现出流丽典雅的风格。"日本的浪漫主义文学，正是由森鸥外的这三篇小说开创的。

《杯子》《花子》《雁》，都属现代写实小说，虽然侧重不同，但也无不涉及个性独立、人的觉醒和对自由的向往。森鸥外重返文坛时，正值自然主义文学兴盛之际。出于对自然主义的反感，森鸥外另辟蹊径，写出一些与之不同的作品。《杯子》便表现了作家的这一意向："我的杯子虽不大，但我用自己的杯子喝。"这篇清纯有趣的精致小品，如同散文诗一般隽永。尽管作家意有所指，但是，当作寓言来读也未尝不可：人，当有自己的原则，自己的道理一经认定，便应义无反顾，勇往直前，哪管他人论短长！

《花子》也是一篇珠玉之作，写一个流落巴黎的下层女艺人花子，长得虽不美，但雕刻巨匠罗丹独具慧眼，能在花子这个东方女性身上，发现他人所未能发现的美——"强劲之美"。小说篇幅不长，用笔精练，将雕刻家罗丹的风貌，写得栩栩如生。为求逼真，在行文中，如法国雕刻家与日本实习生的对话，森鸥外用了不少法文字句，以示作者不只是擅德文也。文中穿插波德莱尔的文章，以此引发罗丹对雕刻的一段精辟论断："人体也一样，仅仅当作形体来看，并无意义。形体是灵魂的镜子。透过形体能看到内在的火焰，那才有意义。"以此来说明艺术创造的本质不在于形似，而在于表现内在的精神。

《雁》是森鸥外现代题材的中篇代表作。女主人公小玉，出身贫苦，一再受骗，成了人人痛恨的高利贷主的外室。她渐渐意识到自己的屈辱地位，朦胧有了人的觉醒意识，憧憬真正的人的生活，渴望摆脱屈辱的境遇。然而，"文明开化"并未带来妇女地位的改变，在封建残余依旧强大、妇女没有起码的人权——警察能随意霸占穷人家的女儿，高利贷主可花钱买妾——的社会里，一个弱女子想求得自身的解放，谈何容易！于是，她将希望寄托于来往于窗外的大学生，暗暗爱上每天散步经过她家的医大学生冈田。然而，一个偶然事件，竟使唯一能表白爱情的机会擦肩而过，小玉的希望最终化为泡影。作者以细腻的笔触，刻画小玉内心微妙的变化和痴情；以大雁之死，象征她的薄命；对明治初年下层妇女的不幸，生为女人的悲哀，深表同情。尤其最后写小玉那双美目，满含深情和绝望，令人不胜唏嘘。这是作者"留德三部曲"之后的又一杰作，题材类似西方文学中"不可能的爱"。就艺术性而言，《雁》或许是森鸥外成就最高的一篇作品。

1910年，发生了所谓"大逆事件"，明治政府对思想界实行高压政策。为避免触及时政，森鸥外转向历史小说创作。在《遵照历史和脱离历史的束缚》（1915）一文中，述及他写历史小说的两种态度与方法：忠于史实，尽力抹杀作者的主观，或仅予最低限度的解释，以再现历史的真实面目，即为“遵照历史”。然而，完全遵照历史，不知不觉会被历史束缚手脚，于是便想从中摆脱出来，借用史实，不必做精细的考证，全凭作者的主观阐释，是为“脱离历史”。本书所选的《鱼玄机》《高濑舟》两篇历史小说，都是用后一方法创作的。

1904年，森鸥外从朋友处得到一本《唐女郎鱼玄机诗》，卷末附有女诗人的传略，读后觉得“颇富戏剧性”，遂根据《三水小牍》《太平广记》《唐才子传》《全唐诗》《唐诗纪事》等二十余种中国古籍，写出本书所选的这篇《鱼玄机》，于此也见出作者涉猎之广。森鸥外又以医生的眼光，从性心理的角度，去探索人物的内心世界，着重刻画鱼玄机作为女人的觉醒，她的嫉妒，以及由此导致的毁灭。书中穿插鱼玄机与温庭筠的唱和，以及温庭筠的逸事和唐代的文人生活，写得惟妙惟肖，宛如出自中国作家之手。

《高濑舟》则取材于日本德川时代《翁草》一书中“流人的故事”，让犯人在去流放地的高濑舟上，自述获罪的经过。小说不仅写出了江户时代的封建苛政，同时还表达了作者对某些人生哲理的思考。犯人喜助的话，引起解差庄兵卫的感触：人的欲望无穷，唯有知足者常乐。正所谓“廉者常乐无求，贪者常忧不足”。这既是一种财富观念，也是一种生活态度。作为医生，森鸥外从喜助杀弟一案引出安乐死这一医学界、法学界纷争未决的问题。但是，作者也无解决的良策，只好委诸“官老爷的决断”了。清新明晰的文笔，苍凉悲哀的故事，客观的叙述中，依旧不脱森鸥外的诗情。

森鸥外行医之余，博学于文，斐然成章，今以小说传其名。百余年来，《舞姬》《雁》《高濑舟》等篇章，在日本被奉为经典之作。本书所选的八篇作品，望读者能“借一斑略知全豹”，从中领略作家的匠心与文采，得到阅读的乐趣与收获。

まいひめ

舞姬

煤早就装上了船。在这间中等船舱里，只有电灯空自亮得耀眼，桌子四周一片寂寥。夜夜在此摸骨牌的人，今晚都住到旅馆里去了，船上只留下了我一人。

那是五年前的事了。我夙愿以偿，奉命出国，曾经路过这西贡码头。那时节，耳闻目睹的，无不使我感到新奇。每日信笔写下的游记文字，总有数千言，登在报上，颇得时人赞赏。如今回想起来，通篇都是幼稚的想法和狂妄的言语。不然，便把些寻常的草木金石、飞禽走兽，以至风俗人情，当作什么稀罕事儿，一一记了下来，足以贻笑大方。这次为了写日记，起程前也曾买了一个本子，可是，至今未着一字，仍是一本空白本子。难道我在德国留学一番，竟变得对一切都无动于衷了吗？不，这其中另有缘故。

今日东返归国的我，确非当年西渡留学的我了。学业上固然远未达到令人满意的程度，但饱尝了世道艰辛，懂得了人心叵测，甚至连自己这颗心也变得反复无常，难以捉摸。即便把自己这种“昨是而今非”的刹那间感触写下来，又能拿给谁看呢！难道这就是我写不出日记的缘故吗？不，这其中另有缘故。

哦！轮船从意大利布林迪西港起航以来，已经有二十多天了。按理说，途中萍水相逢的旅客，相互可以慰藉旅途的寂寞，可是，我却借口略有不适，蛰居在客舱里，甚至和同行的旅伴都很少讲话，整日里为一桩旁人不知的恨事而苦恼。这件恨事，最初像一抹乌云掠过我的心头，使我既无心欣赏瑞士的山色，也不去留意意大利的古迹。然后竟至悲观厌世起来，感到人生无常。内心的惨痛令我终日回肠九转，现在已变成一片云翳，深深郁结在我的心头。然而，不论是看书还是做事，这惨痛宛如影之随形、响之应声，勾起我无限的旧情，无时不在啃噬我这颗心。啊！此恨绵绵，究竟怎样才能消融？倘若是别种恨事，还可托之诗歌遣散胸中的郁闷。但是，唯有这件恨事是刻骨铭心，任什么也排遣不了的。今晚四下无人，还要过很久才有侍者来熄灯，趁此时权且将这段恨事记叙下来吧。

我自幼受到严格的家教。虽然早年丧父，学业上却未曾荒疏。无论是在旧藩[1]的学馆，或是上东京大学的预科，即便进了法律系之后，我太田丰太郎的大名始终是名列前茅的。与我这个独子相依为命的寡母，大概很能感到安慰了。十九岁上，获学士学位，人人都说，这是大学开办以来从未颁过的荣誉。后来，在某部任职，把

1 明治维新后，称江户时代（1603—1867）诸侯的领地为旧藩。——译者注（若无特殊说明，本书注释均为译者注）

母亲从乡下接到东京，度过了三年的快乐时光。深得上司器重，派我出国考察业务。心想，这正是扬名显姓、兴家立业的良机，于是劲头十足，即使抛别年过半百的老母，也不觉有多大的离情别绪。就这样迢迢万里，背井离乡，来到了德国首都柏林。

我怀着模糊的功名心和勤勉的苦学精神，忽然置身于欧洲这座新兴的大都会：光怪陆离，令我眼花缭乱；五彩缤纷，使我神摇意夺。这条“大道直如发”的Unter den Linden，假如把街名译作“菩提树下”，会使人以为是个幽静的去处，但是，你一旦走到这里，便可看到两旁铺石的人行道上仕女如云。那时候，德国皇帝威廉一世，还时常凭窗眺望街景。挺胸耸肩的军官穿着礼服佩戴彩饰，艳丽的少女照巴黎的款式，打扮得花枝招展，一切的一切，无不令人瞠目结舌。形形色色的马车，在柏油路上往来如飞；大楼高耸云霄，楼宇之间的空地上，喷水池溅起的水声宛如晴空里骤雨的淅沥。向远处望去，隔着勃兰登堡门，在绿树掩映下，可以望见凯旋塔上浮在半空的女神像。这许许多多景物，一时间纷至沓来，映入眼帘，使新来的人感到应接不暇。但是，我在心里曾暗暗发誓：纵然身处这样的花花世界，我的心也绝不为它所动。这一誓言，我常拿来抵御外界的诱惑。

我拉响门铃，通报求见，出示公函说明来意之后，德国的官员很高兴地接待我，并且谈妥，只要公使馆方面把手续办好，不论什么事都可随时关照我。所幸我在国内学过德文和法文，他们初次见到我，没人不问我是在何时何地学的德文。

得到上级准许，公事之余，可以入当地大学进修政治学，我便办了注册手续。

过了一两个月，公事接洽完毕，考察工作也进展顺利，我把一应急件先写成报告寄回国内，非急件写好后也整理成几大卷。可是大学不像我想的那样幼稚，根本没有专为培养政治家而开设的课程。我踌躇再三，终于选定两三位法学家的课，交过学费，便去听课了。

这样，三年的时光，梦也似的过去了。人的秉性终难压抑，一旦时机成熟，总要露出头来。我一向恪守父亲的遗训，听从母亲的教诲。小时人家夸我是神童，也从不沾沾自喜，依旧好学不倦。后来涉足官场，上司称赞我能干，我更加谨慎从事，从未意识到自己竟成为一个拨一拨动一动的机器人了。如今，在二十五岁上，经过大学里这种自由风气的长久熏陶，心中总难平静，潜藏在内心深处的真我，终于露出头来，好似在反抗往日那个虚伪的旧我。我恍然大悟，自己既不适于当叱咤风云的政治家，也不宜于做通晓法典、断狱如神的大法官。

我寻思：母亲希望我当个活字典，上司则想把我造就成一部活法典。当活字典，还可勉为其难；做活法典，却是无法忍受。从前，不论多么琐碎的问题，我都郑重其事地加以答复；近来，在寄给上司的函件里，竟高谈阔论什么不可拘泥于法制的细节，一旦领会法律的精神实质，虽万事纷然仍可迎刃而解云云。在大学里，我早把法律课程置于脑后，兴趣转到文史方面，并渐入佳境。

但是，上司是要把我造成供他颐指气使的工具，怎会喜欢一个具有独立思想、卓尔不群的人呢？！所以，我当时处境便有些不妙。不过，光凭这一点还不至于动摇我的地位。在柏林的留学生中，有一群颇有势力的人物，我同他们关系素来欠佳。他们对我猜疑，竟至谗言诽谤。然而，这也并非事出无因。

我既不和他们一起喝啤酒，又不跟他们打台球。他们便说我顽固不化、道貌岸然，并且还嘲笑我、嫉妒我。其实，这一切都源于他们不了解我。唉，连我自己尚且不了解自己，别人又怎能了解得了呢？！我的心宛如一颗处女的心，又似合欢树上的叶儿，一碰到什么便要退缩躲闪。我自幼便遵从长者的教诲，不论求学还是供职，都非出于自己的本意。即便表面看来好像是靠毅力和苦学，其实那也是自欺欺人，我不过是跟着前人亦步亦趋而已。我之所以能清心寡欲，不受外界诱惑，并非因为有律己的勇气，只因我对外界感到恐惧，自己约束自己罢了。在出国离乡之前，我丝毫不怀疑自己是有为之士，也深信自己秉性刚毅。唉，那真是此一时彼一时啊！当轮船离开横滨时，一向自命为顶天立地的男子汉，竟然泪如泉涌，浸湿了一方手帕，连自己都觉得不可思议。然而，这倒正是我的本性。这种本性是生来如此的，还是因为早年丧父，在母亲一手培育下所造成的呢？

他们固然可以嘲弄我，至于嫉妒，嫉妒这样一颗脆弱而可怜的心，却是何其愚蠢！

看见浓妆艳抹的女人坐在咖啡馆门口招揽客人，我不敢过去和她们亲近。遇到头戴高礼帽、鼻架夹鼻眼镜、一口普鲁士贵族口音的“花花公子”，就更不敢同他们交往了。既然缺乏这种勇气，当然也就无法同我那些活跃的同胞往来。由于彼此疏远，他们对我不仅嘲笑、嫉妒，还夹杂着猜忌的成分。这正是使我蒙冤受屈，在短暂的时日里饱尝人间无限辛酸的因由。

一天傍晚，我去动物园散步，回珍宝街的寓所时，走过菩提树下大街，来到修道院街的旧教堂前。每当我从灯火辉煌的大街走进这狭窄昏暗的小巷，便望见这座凹形的旧教堂。教堂对面是栋出租的公寓房子。楼上一户人家在栏杆上晾着床单、衬衣之类，还没有收进去；楼下是家小酒店，门口站着一个留长胡子的犹太教徒。楼房共有两座楼梯，一座直通楼上，另一座则通往地下室的铁匠家里。每当我仰望这座三百年前的旧教堂，不知有多少次，都会愣在那里，出神好一会儿。

那晚，我刚要走过那里，看见上了锁的教堂大门旁，倚着一位少女，在呜呜咽咽地抽泣。她看上去十六七岁，头巾下面露出金黄色的秀发，衣着也不甚整洁。听到我的脚步声，她回过头来。我缺少一支诗人的妙笔，无法形容她的容貌。她那泪光点点的长睫毛，覆盖着一双清澈如水、含愁似问的碧眼。不知怎的，她只这么一瞥，便穿透我的心底，矜持如我也不能不为她所动。

她必定遇到什么意外的不幸，才会无所顾忌地站在这里啼哭。一缕爱怜之情，压倒了我的羞怯心，不觉走上前去问道：

"敢问为什么哭啊？我是外国人，没什么负担，或许能帮你点什么忙。"我简直为自己的大胆惊呆了。

她惊讶地凝望着我的黄种人面孔，大概我的真情已经形之于色了。

"看来你是个好人，不像他那么坏，也不像我母亲……"

她刚止住的泪水，又顺着那惹人怜爱的面颊流了下来。

“请你救救我吧！免得我沦落到不堪的地步。母亲因我不肯依她而打我。父亲刚刚过世，明天要下葬，可是家里连一分钱也没有。”

说完便又哽咽啜泣。我的眼睛注视着这少女低头哭泣不住颤动的颈项。

“我送你回家吧！你先冷静下来。这儿人来人往，别人会听见哭声的。”

她刚才说话时，不知不觉将头靠到我的肩上，这时，忽然抬起头来，仿佛才看见我，羞涩地躲到我身旁。

她大概怕人看见，走得很快。我跟在她后面，走进教堂斜对面的大门。登上一座残破的石梯，到四楼有一扇小门，要弯了腰方能进得去。门上的拉手是用锈铁丝绞成的，少女用力拉了一下，里面有个老太婆嘎声问道：“谁呀？”还没等少女说完“爱丽丝回来了”这句话，门就吱一下打开了。那老太婆头发已经半白，长相不算凶恶，额上刻下了贫苦辛酸的印记，身上穿一件旧绒衣，脚上是双脏拖鞋。爱丽丝向我点了点头，径自走进屋里。老太婆好像迫不及待似的使劲关上了门。

我茫然站在门外，无意中借着煤油灯光往门上看了一眼。上面用漆写着“艾伦斯特·魏盖尔特”，下面是“裁缝”二字。这大概就是少女亡父的名字了。我听见屋内似有争吵之声，过了一会儿又沉静下来，门又打开了。那个老太婆走了出来，为方才的失礼，向我再三道歉，并把我让进屋里。一进门就是厨房，右面有一扇低矮的窗户，上面挂着洗得雪白的麻布窗帘。左边是一个简陋的砖砌炉灶。正面一间房，门半开着，屋里摆着一张蒙着白布的床。床上躺的想必是那个死者了。老太婆打开炉灶旁边的一扇门，把我让了进去。这是一间朝街的顶楼，没有天花板。梁木从屋顶斜着伸向窗子，棚顶糊着纸。在矮得抬不起头的地方放了一张床。屋子中央有张桌子，桌面铺着好看的台布，摆了一两本书和相册，瓷瓶里插着一束名贵的鲜花，和这间屋子不大相称。少女娇羞地站在桌旁。

她长得十分清丽。乳白色的脸蛋在灯光映照下，微微泛红。手脚纤细，身材袅娜，绝不像一个穷苦人家的女儿。老太婆走出屋后，少女这才开口，语调带着土音：

“我把您带到这里来，请您谅解我的苦衷。您一定是个好人，请别见怪。我父亲明天就要安葬，本想去求肖姆贝尔希，您也许不认识他。他是维克多利亚剧院的老板，我在他那里已经工作了两年。本以为能救我们的急，不料他竟乘人之危，对我不怀好意。请您来救救我吧！哪怕我不吃饭，也要从微薄的薪金里省出钱来还您。要不然，我只好照母亲的意思办了。”说话间，她已是泪眼模糊，浑身发颤。她抬眼看我时，十分迷人，令人不忍心拒绝她的要求。她这眼波，不知是有意的做作呢，抑或是天然的风韵。

我口袋里只有两三个马克，这点钱当然无济于事，便摘下怀表放到桌上，说：“先用这个救一下急吧。让当铺打发伙计到珍宝街三号，找太田取钱就行。”

少女显得又惊讶又感动的样子。我告辞时伸出手去，她捧着吻我的手，手背上溅满她点点的热泪。

噢，这真叫不是冤家不聚头啊！事后，少女亲自到我寓所来表示谢意。我终日枯坐在窗下读书，右有叔本华的著作，左是席勒的作品，现在又插上一枝名贵的鲜花。从这时起，我同少女的交往日渐频繁，连我的同胞也有所察觉，他们臆断我准是找舞女来寻欢作乐的。其实我们二人之间完全是白璧无瑕。

同胞当中有个好事之徒，此处不便说出他的名字，他竟在上司那里谗言诽谤，说我经常出入剧院，结交舞女。上司本来就认为我在学问上已经走入歧途，对我甚为不满，一听此说，便通知公使馆将我免官撤职。公使在传达命令时说，如果立即回国尚可发给路费，倘若羁留不走，将不予任何资助。我要求宽限一周，容我考虑。我这时正心烦意乱，又接到生平最令我悲痛的两封来信。两封信几乎是同时寄到的。一封是母亲的绝笔信；另一封是亲戚写来的，报告我挚爱的母亲过世的情形。母亲信中的内容，不忍复述，更且热泪涔涔，使我无法下笔。

直到此时，我与爱丽丝的交往，比别人想象的要清白得多。因为家境清寒，她未能受到充分的教育，十五岁时便被招去跟随舞师学艺，从事这个低贱的职业。满师之后，她就在维克多利亚剧院演出，现在已是剧院里排名第二的舞星。然而，正如诗人哈克廉德尔所说，舞蹈演员好比“当代的奴隶”，身世是很凄惨的。为了一点微薄的薪酬，白天要练功，晚上要登台。走进化妆室，虽然浓妆艳抹，华饰盛服，一出剧院，却常是衣食不周，至于那些要赡养父母的，更有说不尽的艰辛。所以，据说她们当中，不少人不得不沦落到兼操贱业的地步。爱丽丝之所以能够幸免，一方面固然由于她为人本分，同时也因为有刚强的父亲多方呵护。她自幼喜欢读书，但所看的书都是从租书铺租来的庸俗小说。我们相识以后，我借书给她看，她渐渐体会到读书的趣味，纠正错误的语音，没过多久，给我的信里，错字也减少了。说起来，我们之间的关系首先是师生间的情谊。当她听说我突然被撤职，不觉大惊失色。但我没有告诉她，这事与她不无关系。她要我瞒着她母亲，怕她母亲知道我没有官费后，会疏远怠慢我。

唉，有些细节就不必在这里说了。就在这时，我对爱丽丝的感情突然炽烈起来，终于变得难舍难分。尽管有人不理解我，甚至责备我，不该在一生中的紧要关头做下这种事。然而，我同爱丽丝相见之初，对她的爱就很深。现在，她十分同情我的不幸遭遇，又因惜别在即而不胜悲戚地低垂了头。几缕秀发拂在脸颊上，是那么妩媚动人，深深印在我这深受刺激、有失正常、悲愤欲绝的脑海里，使我在迷离恍惚之中走到了这一步，又能奈何？

公使约定的日子快到了，我的命运也即将决定。如果就此回国，不仅学无所成，还背上一个坏名声，此生不复有出头之日。倘若留下，学费又毫无着落。

当时，能够帮我忙的，唯有现在与我同行的相泽谦吉。他在东京当上了天方大臣的秘书官。在政府官报上，他看到我被撤职的消息，便向某报社总编提议，聘任我为该社驻柏林通讯记者，负责政治和文艺方面的报道。

报社的报酬虽然微不足道，可是我想，只要搬个家，换个便宜的旅馆，总可以维持最低生活。这时，诚心诚意来帮助我的便是爱丽丝。她极力劝说母亲，让我寄居在她们家。爱丽丝和我也不知从什么时候起，把微乎其微的收入合在一起，在穷愁潦倒之中也度过了些愉快的时日。

每天早晨喝过咖啡，爱丽丝便去排练场，没有排练就留在家里。我则到基奥尼希街一家门面很窄、进深却很长的休息所，浏览所有的报纸，用铅笔抄下各种资料。在这间借天窗采光的屋子里，有些是没有固定职业的年轻人，也有靠放小额贷款优游度日的老人，还有一些是从交易所出来偷闲片刻的生意人。我和他们坐在一起，在冰凉的石桌上挥笔疾书，连年轻侍女送来的咖啡放冷了都顾不上喝。墙上并排挂了许多种报纸，全用木头报夹夹住。我一再过去换报纸，我这个局外的日本人，人家不知会怎样猜度呢！一点左右，爱丽丝从剧院排练回来，顺路来这里找我一同回去。对这位体态轻盈、能做掌上舞的少女，必定会有人看了感到惊讶的。

我的学业是荒废了。靠屋顶下一盏昏暗的灯光，爱丽丝从剧院回来后坐在椅子上做针线活，我在她旁边的桌子上写新闻稿。这和从前拼凑枯燥乏味的法律条文截然不同，现在是综合报道风云变幻的政界动向，以及有关文学界、美术界的新思潮等。我与其说是学皮约尔涅[1]，毋宁说是尽可能用海涅的构思方法，写出各种文章来。其间，德皇威廉一世和腓特烈三世相继崩殂、新皇继位、俾斯麦侯爵的进退等问题，报道尤为详尽。所以，这一向忙碌不堪，自己有限的一些藏书，根本无暇翻阅，更不要说温习功课了。大学学籍虽

1　皮约尔涅（1786—1837），德国作家，青年德意志派成员。受德国官宪压迫，避居法国。曾同海涅进行过论争。

然还保留着，但因交不出学费，所以尽管只选一门功课，也难得去听上一回。

学业固然荒废，却长了另外一种见识。何以见得呢？说来当时欧洲各国在民间学术的普及上，没有哪一个国家能赶得上德国。许多有见地的论文，散见于几百种报纸杂志上。自从当了通讯记者之后，以我在大学里养成的敏锐眼光，通过这一向的大量阅读、抄写摘录，知识面不断拓宽，如今能够触类旁通，综合概括，达到了本国留学生所梦想不到的境界。他们当中有人甚至连德国报上的社论都不常看的。

明治二十一年[1]冬天来到了。大街上的人行道，雪已用铁锹铲除，铺上沙子。修道院街这一带路面上结了一层薄冰，高高低低已经看不出。清早一开门，冻死的麻雀散落地上，看着叫人觉着可怜。屋内尽管生火取暖，可是中欧的寒气依然透过石墙，渗进棉衣，实在令人难以忍受。前两三天的夜里，爱丽丝晕倒在舞台上，叫别人扶回家来。从那以后，她说不舒服，在家休息，吃了东西便想吐。还是爱丽丝的母亲首先想到，她是不是怀孕了。唉，正当我前途渺茫，一身无着之际，果真这样，叫我怎么办呢？

这天是星期日，我待在家里，心情抑郁寡欢。爱丽丝还不至于要卧床，她坐在小火炉边一把椅子上，一声也不响。这时，外面有人叩门，不大一会儿，爱丽丝的母亲从厨房里进来，交给我一封信。信上的字体很熟悉，一看就知道是相泽的笔迹。贴的是德国

1 1888年。

邮票，盖着柏林的邮戳。我有些纳闷，拆开一看，里面写道：“事出仓促，未及函告。我随天方大臣已于昨夜抵达柏林。大臣拟召见你，望速来。此为恢复名誉之良机。匆匆，不赘。”爱丽丝见我看完信，神情茫然，便问：“是家乡来的信吗？不会是什么坏消息吧？”她大概以为只是报社关于稿酬的事。“不是，别担心。你知道，那个相泽陪同大臣到了柏林，叫我去一趟。事情很急，要我马上去。”

即便是母亲打发心爱的独子出门，恐怕也不及爱丽丝这么妥帖周到。考虑到我要谒见大臣，她便扶病，给我找了一件雪白的衬衫，拿出一向保存得好好的二排对扣的大礼服，连领带也是她亲手给我系的。

“这样一来，谁能说你不体面！你照照镜子看！怎么一脸不高兴的样子？连我都想跟着你去见识见识呢。”接着她庄重说道，“不像了，换上这身衣服，简直认不出我的丰太郎了。”她沉吟了一下又说，“倘若你有飞黄腾达的一天，即使我的病不是母亲说的那种，你也不至于遗弃我吧？”

“什么？飞黄腾达？”我苦笑了笑，“几年来我已经断绝了涉足官场的念头。我并非想去见大臣，只是想看看阔别几年的朋友罢了。”爱丽丝的母亲叫来一辆最好的马车。车轮碾压过积雪的大街，停在窗下。我戴好手套，披上不十分干净的大衣，拿起帽子，同爱丽丝吻别之后，便走下楼去。她打开结了冰的窗户，任凭北风抚弄她蓬乱的头发，目送我乘上马车离去。

我在皇家饭店门口下了车，向侍者问清相泽秘书官的房号，踏上很久没有走过的大理石楼梯。我先走进衣帽间，中间的柱子旁摆着铺了长毛绒的沙发，正面竖着穿衣镜。我脱下大衣，然后沿着走廊走到相泽的房门口。这时不禁有些犹豫：在大学读书时，相泽曾极口称赞我品行端正，今天相见，不知他会用怎样的目光来看我。走进房间一见面，相泽外表虽然比从前略胖，更显魁伟，但性情依然豪爽。他对我的有失检点似乎并不怎么介意。彼此来不及畅叙别情，他便引我去谒见大臣。要我办的事，其实就是翻译一份德文紧急文件。我接过文件，便退出大臣房间，相泽也随后出来，邀我一起去吃早饭。

在饭桌上，多半是他问我答。因为他向来一帆风顺，而我却是命运多蹇。

我开诚布公，诉说我所遭遇的不幸。相泽听了不时感到惊讶，非但没有责备我的意思，反而斥责那帮庸俗小人。等我讲完，他正色规劝了我一番。大致意思是：这些事之所以发生，是因为你天性懦弱，事到如今，说也无济于事。然而，一个才学兼备的人，岂能为一个少女的爱情，毫无目的地长此以往？目前天方大臣有意要借重你的德语。他知道你当时被革职的原因，已有先入之见，我也不便劝他改变看法。大臣要是看出我在维护你，不仅于你无益，对我自己也不利。举荐一人，最好是先露其才。你当以自己的才干取信于大臣。再者，你同那少女的关系，即使她对你真心实意，彼此情深意浓，这样的爱情也绝非出于慕才，实则是男女之间的情好而已。你应当痛下决心，同她断绝这层关系。

仿佛是大海上迷失方向的人，望见了远山，相泽给我指明了前景。然而，这远山尚在浓雾之中，究竟何时方能到达？再者，即使到达，我是否就能心满意足，也难预料。眼前生活虽然清苦，却也不无乐趣，爱丽丝的爱情也使我割舍不下。我这颗软弱的心，一时竟拿不定主意，姑且听从朋友的劝告，答应他斩断这段情缘。同我敌对者之流，我为了不失身份，还常常能抵挡一番，然而，对于朋友，我却说不出一个“不”字来。

我告辞出来，寒风扑面。旅馆的餐厅里，隔着双层玻璃窗，又生着陶制火炉。一走出来，下午四点的寒气，透过单薄的大衣，袭在身上，实在难以忍受，不但身上打起了寒战，连心里也感到一层寒意。

一夜之间，我便把文件译完。此后，到皇家饭店去的次数多了起来。起初，大臣只同我谈公事，后来便提到国内最近发生的一些事情，听听我的见解，偶尔也讲些旅途上人家闹的笑话，说罢哈哈大笑。

大约过了一个月，有一天，大臣突然问我：“我明天要去俄国，你能随我去一趟吗？”因为相泽公务繁忙，已经几天没见到他。这一问，使我不免感到意外，随即答道：“敢不从命？”说来惭愧，我这回答，并非出于当机立断。凡是我所信赖的人猝然间问我什么事，我往往不假思索就应承下来，而不去推究该如何回答才算得体。一经允诺，即便发现有为难之处，也只好勉为其难，硬着头皮去履行自己的诺言。

当天我领了旅费和译稿费回家。把译稿费交给爱丽丝，这笔钱足够她们维持到我从俄国回来。爱丽丝告诉我，经医生检查，她确是怀孕了。因为贫血，需要休养几个月。可是剧院老板说，她请假太久，已经被开除。其实，她才请了一个月假，对她这样苛刻，自有别的原因。我去旅行的事，爱丽丝并无着恼的表示，因为她对我的情意是深信不疑的。

这次乘火车出门，路途不算远，所以无需太多准备，只借了一套合身的黑礼服，新买一本哥达版的俄国宫廷贵族名录和两三本字典，届时收进一只小皮箱里就齐了。近来接二连三的事很多，我走之后，爱丽丝留在家里会更加烦闷，尤其怕她到车站送行时会哭哭啼啼，所以第二天清早便打发她母亲陪她上朋友家去。我收拾好行装，锁上门，把钥匙存在门口鞋铺老板那里便动身走了。

关于这次俄国之行，该说些什么呢？我作为翻译，居然青云直上。随同大臣一行在彼得堡逗留期间，环绕我的，是冰雪世界中的王宫仿效巴黎的绝顶豪华而呈现的富丽堂皇；是蜡烛成阵，在烛光灯影中闪闪发光的勋章和肩饰；是在精工雕刻的壁炉里燃着的熊熊火焰，宫女们都忘了屋外的寒冷而羽扇轻摇。一行人中，数我法语说得最流利，所以在宾主之间，周旋办事的也大抵是我。

在这期间，我并没有忘掉爱丽丝。不，她天天寄信来，我怎能忘记她呢？我动身那天，她怕独对孤灯，寂寞难挨，所以在朋友那里直谈到夜深人倦，回到家里，倒头便睡了。第二天清早醒来，只剩下孤零零一个人，还疑是身在梦中。起床后那份孤凄的意绪，即便在生活艰难、饔飧不继的日子里也是不曾有过的。这是爱丽丝第一封信的大致内容。

过些日子寄来的另一封信，大概是在极为悲苦的心情中写的。

信用“不”字开的头：不，直到现在我才明白，我思念你的心竟是如此之深！你曾说过，家乡早已没有亲人，只要在这里能够找到生活出路，就可以留下来，而我也要用我的爱情把你拴住。倘若这一切仍然留你不住，你一定要回国的话，我和母亲就跟你一起去，这也不难，只是偌大一笔路费到哪儿去筹措呢？所以，我常常想，无论如何，我也要设法在这里活下去，直等到你有出头之日。可是，你这次短期旅行，刚走开二十来天，我这种离愁别绪就已经一天深似一天了。我原以为分离只是一时的痛苦，这想法真是好不糊涂。我的身子越来越不便了，看在这个分上，不管发生什么事，你千万不能抛弃我啊！我和母亲曾经大吵一场。她看我这次打定主意，不同往常，便也软下心来。她说，如果我跟你东去日本，她便住到什切青的乡下，去投靠一位远亲。来信说你深得大臣器重，既然如此，我的路费总有办法可想吧。我现在只是一心一意盼着你回到柏林的那一天。

啊！看了这封信，我对自己的处境，才若有所悟。我的心竟这样迟钝麻木，真是羞煞人！无论对自己的进退，抑或是别人不相干的事，我一向自负很有决断。可是这种决断，只产生于顺境之中，而不存在于逆境之时。我心中洞明事理的这块明镜，一旦照到自己同别人的关系，便一片模糊了。

大臣待我不薄。而我目光短浅，只看到自己眼下的职责，至于这一切同我的未来有何关系，天晓得，我可是想都没想过。这一切，现在既已明了，心情哪里还能平静？当初承朋友推荐，要博得大臣信任，艰难如同房上的小鸟一样不可企及，现在似乎已稍有把握。日前相泽在言谈之中，也曾露出一点口风，回国之后彼此倘能继续如此相处云云。难道大臣曾已言及，只因碍于公事，哪怕是知交好友，相泽也不便向我明言吗？如今细想起来，我曾经轻率地说过，要同爱丽丝斩断情丝，这话他大概早已报告给大臣了。

唉！初到德国之时，自以为认清了自己，誓不再做拨一拨动一动的机器人。然而，这岂不像双脚缚住的小鸟，放出笼子，暂时还能扑腾双翅飞翔，便自诩获得了自由？其实，脚下的绳索已无法解脱，以前这绳索握在某部我的上司手上，如今，唉，说来可怜，又握在天方大臣手中。我同大臣一行回到柏林，正值新年元旦。在车站分手后，我驱车直奔家里。当地至今还有除夕彻夜不眠、元旦白天睡觉的习惯，所以街上万户寂然。天气劲寒，路旁的积雪化成棱角突兀的冰片，在灿烂的阳光下晶莹发光。马车拐进修道院街，停在家门口。这时听见有开窗的声音，我在车里却望不见。我让车夫提着皮箱，刚要上楼，劈面遇见爱丽丝跑下楼来。她大叫一声，一把搂住我的脖子。车夫看了一愣，大胡子动了动，不知咕哝了句什么。

“这下好了，你可回来了！再不回来，我都要想死了！”

直到此时，我的心一直游移不定，思乡之情和功名之心，时而压过儿女之情占了上风。唯独在这一瞬间，一切踌躇犹豫全都抛诸九霄云外。我拥抱着爱丽丝，她的头靠在我肩上，喜悦的泪水扑簌簌地落在我的肩头。

“送到几楼？”车夫像打锣似的问了一声，早已上了楼梯。

爱丽丝的母亲迎了出来，我把车钱交给车夫，爱丽丝便拉着我的手，急忙走进屋里。一眼看去，不觉吃了一惊。桌子上摆了一堆白布和白花边之类的东西。

爱丽丝指着这堆东西笑着说："你瞧我准备得怎么样？"说着又拿起一块白布来，原来是一副襁褓。"你想想看，我心里该多高兴。生下来的孩子准会像你，有一对黑眼珠。哦，我连梦里都看见你这对黑眼珠。孩子生下来以后，你这好心人，绝不至于不叫他姓你的姓吧？"爱丽丝低下了头，"你不要笑我幼稚，等到上教堂去领洗礼那天该多高兴啊！"她抬起头望着我，眼睛里噙满了泪水。

这两三天里，我揣想大臣一路上车马劳顿，恐怕还未恢复，也就没有前去拜访，只待在家里。一天傍晚，大臣派人来召请我。到了那里，大臣对我优礼相加，问过旅途辛苦之后，便说道："你是否愿意随我一起回国？你学问如何，我虽不清楚，但仅凭外语一项，便足可称职。你在此耽搁日久，也许会有什么牵累，不过我问过相泽，听说倒没有什么，我也就放了心。"大臣的语气神色，简直不容我有辞谢的余地。我进退维谷，也不便说相泽的话不确，而且心中掠过一个念头：机不可失，不然，就会失掉回国的良机，断绝挽回名誉的途径，势必葬身于这座欧洲大城市的茫茫人海之中。啊，我的心竟是这样没有操守！我居然回答说："悉听阁下吩咐。"

纵然我有铁皮厚脸，回去见到爱丽丝又将如何开口？从旅馆出来，心绪纷乱已极。不辨东西南北，只顾回思凝想。一路走去，不知有多少次遭到马车夫的呵斥，吃惊之下才慌忙躲开。过了好一会儿，猛然一看，已经到了动物园。我倒在路边的长椅上，头靠在椅背上，热得发烫，如同用锤子敲打似的嗡嗡直响。这样像死去一般，不知待了多久。当我感到严寒彻骨醒过来时，天已入夜。雪花纷飞，帽檐和大衣肩上，已经积起一寸多厚的雪。

已经过了十一点了。通往莫哈比特和卡尔街的铁轨已被大雪盖没，勃兰登堡门旁的煤气灯光雾凄迷。我想站起身来，两腿却已冻僵，用手揉搓了一阵，这才勉强能行走。

我步履蹒跚，走到修道院街时，似乎已过午夜。这一段路究竟是怎样走过来的，我自己也茫然无所知。一月上旬的夜晚，菩提树下大街上的酒家饭店，家家顾客盈门，好不热闹，而我却全然不觉。满脑子就这么一个念头：我是一个不可饶恕的罪人。

在四层的顶楼里，爱丽丝大概还未睡下。一星灯光灿然穿过夜空，在漫天飞舞的鹅毛大雪中乍隐乍现，宛如被朔风吹得忽明忽灭。进了大门，只觉得疲惫不堪，浑身关节疼痛难忍，爬也似的上了楼。走过厨房，开门进到屋里，在桌旁缝制襁褓的爱丽丝回过头来，“哎哟！”惨叫一声，“你怎么啦？瞧你这一身！”

难怪她要吃惊，我的脸色像死人一样惨白，帽子也不知何时掉落了，头发散乱。路上不知跌了多少跤，衣服上沾满泥雪，还撕破了好几处。

记得当时我想答话，却又语不成声。两腿瑟瑟发抖，站立不稳，刚想抓住椅子，便一头栽倒在地上。

等我清醒过来，已是几个星期之后的事了。病中我发高烧，说谵语，爱丽丝一直小心服侍在侧。一天，相泽来找我，发现了我向他隐瞒的这些真相。他只对大臣说我病了，其余情况全替我掩饰过去了。我第一次认出守在病床旁的爱丽丝时，她已经变得不成样子，我看了简直大吃一惊。这几个星期里，她瘦得形销骨立，眼睛里布满血丝，凹了进去，灰白的脸颊也陷得很深。每日的生计虽有相泽接济得以维持，然而，这个恩人却在精神上把她毁了。

后来听说，爱丽丝见到相泽，得知我对相泽的前约，以及那晚对大臣的许诺，便霍地从椅子上站起，面如土色，叫道："我的丰太郎，你竟欺骗我到这种地步！"当场昏了过去。相泽把她母亲喊来，抬她上床。过了片刻，爱丽丝才苏醒过来，两眼直瞪瞪的，连人也不认得了。她喊着我的名字大骂，又揪头发，又咬被子，忽而又像想起什么似的找东西。她把母亲递给她的东西一件件全扔掉，可是递给她桌上的襁褓时，她轻轻摩挲着，捂在脸上，痛哭不已。

后来，爱丽丝虽然没有再闹，精神却完全垮了，痴呆呆的，如同婴儿。经医生检查，说是由于极度刺激而突发一种妄想症，已无治愈之望。本想送她进达尔道夫精神病院，她哭着叫着不肯去。嗣后，一直随身带着那副襁褓，不时拿出来看看，看着看着便啜泣起来。爱丽丝不肯离开我的病床，看来这不是有意识的行为。有时忽然像想起什么似的，对我嚷着："吃药，吃药。"

我的病已经痊愈。不知有多少次，我抱着虽生犹死的爱丽丝，流下无数热泪。我随大臣起程东归之前，经与相泽商妥，给爱丽丝的母亲留下一笔赡养费，足够她们维持起码的生活，并托她在这可怜的疯女临产时好生照料一切。

唉！像相泽谦吉这样的良朋益友，世上少有；可是，在我心里，对他至今仍留着一脉恨恨之意。

泡沫记

うたかたのき

上

几头雄狮拉的车上，站着巴伐利亚女神的雕像，英姿挺拔，听说是先王路德维希一世命人置于凯旋门上的。其下方，沿路德维希大街向左拐去，有一处高大的屋宇，是用特兰托大理石垒成的。这儿就是巴伐利亚首府著名的景观美术学校。校长皮罗蒂，闻名遐迩。德意志帝国的艺术家自不用说，来自希腊、丹麦、意大利等地的画家、雕塑家，亦不计其数。下课之后，他们便进学校对面的密涅娃咖啡馆，饮酒喝咖啡，各自消遣。今夜，煤气灯光映在半开的窗上，室内的欢声笑语飘溢户外。这时，拐角处过来两个人。

走在前面的一个，褐发蓬乱，自己毫不在意，宽大的领结歪在一边，不论谁都可看出，这是美术学校的学生。他停下脚步，对身后黑皮肤的小个子男人说道“就是这里”，然后推开门。

扑面而来的，是室内弥漫的香烟气味。乍进屋，眼睛一时无从辨认屋内的人。虽说夕阳已经西下，但热气不减，一应窗子全敞开着，身处烟雾中的人，倒已习惯了。“这不是艾克斯特吗？几时回来的？”“居然还活着！”只听见他们七嘴八舌纷纷打招呼，艾克斯特想必同在座诸公是熟人。这时，周围的客人怀着好奇打量他身后的人。被盯着瞧的人，也许觉得待客无礼，遂蹙起眉头，但随即转念微露笑意，把满座的客人扫视一番。

他从德累斯顿来，刚下火车。咖啡馆内的景象处处不同，很吸引他的注意。屋内摆着几张大理石圆桌，铺着白桌布的桌上杯盘狼藉；没铺桌布的桌上，客人面前摆着四五个陶瓷酒杯，杯子是圆筒形，有小酒壶那么大，柄呈弓形，上面盖着带合页的金属盖；未坐客人的桌子上，一色扣放着咖啡杯，杯子底上置一小碟，内放几块方糖，颇为奇怪。

客人的装束、谈吐，各不相同，但不修边幅是一致的。不过，并不显得卑俗，不愧是从艺之辈。其中最热闹的是屋中央大台子上的一伙人，别的桌子净是男客，唯独这张台子有位少女。见到随艾克斯特进来的人，打了一个照面，两人不禁都有些讶异。

对这伙人来说，刚来的人可谓稀客。而少女的芳姿，也足以令来客动容。她看上去也就十七八岁，戴一顶没有饰物的宽檐帽子，面庞宛如古典的维纳斯雕像，举止自有一种高贵之处，绝不像泛泛之辈。艾克斯特在邻桌一位客人肩上拍了一下，不知在说什么。这时候，少女含笑邀请道：

“这儿能说点趣事的人一个也没有。这样一来，不打牌，便去打台球了，说不定还想看点无聊的玩意儿。能不能同贵客一起过这边来？”清冷的声音，令刚来的客人侧耳细听。

“承蒙玛丽小姐相邀，敢不从命？诸位，请听我介绍：这位是从遥远的日本来的画家——巨势先生。今日来此，是想成为‘密涅娃’的一员。”经艾克斯特介绍，随同前来的男子走上前去向大家点头致意。起身自报姓名的，都是外国人。不过，坐着回礼的，也算不上失敬，这应看作他们的习惯。

艾克斯特接着说道：“诸位知道，我是回德累斯顿省亲。在那儿的美术馆，认识了巨势先生，遂成朋友。这次，巨势先生说要来美术学校做短暂逗留，动身时，我便随他一起踏上了归途。”

大家纷纷向巨势表示，为结识他这位远方来客而感到由衷高兴，并接二连三地问道：“贵国的人在大学里时常能见到，但在美术学校，阁下还是头一位。今天初来乍到，绘画馆和美术会的画廊恐怕还未及参观。但根据在别处所见，您对德意志南方绘画，有何高见？”“此来的目的是什么？”

玛丽连忙拦住道：“停停，停停。大家同时发问，怎么不想想，叫巨势先生多为难呀！请安静，这样人家才好回答。”

“女主人好严厉呀！”大家笑道。

巨势的语调稍有不同，但德语说得相当流利：“我到慕尼黑来，这不是第一次。六年前去萨克森，曾经路过此地。当时只顾看绘画馆里陈列的画，未能结交学校的各位同人。因为离开故国时，目的地是德累斯顿的美术馆，心里急盼尽快赶到那里。今天，旧地重游，得识各位，这个缘分，其实早在当年便结下了。

“说这些幼稚的话，请各位不要见笑。上次来，正是狂欢节那天，天气晴朗。我从绘画馆出来，已是雪后初晴，路旁的树枝披上一层薄冰，与刚刚点上的路灯交相辉映。成群结队的人，身着奇装异服，戴着白的、黑的面具，往来不绝。各处的窗上都搭着毛毯，以便靠着观景。我走进卡尔大街上的洛丽安咖啡馆，人人都化装，个个别出心裁，争奇斗艳，其中也有穿家常服的人。他们在等‘科罗肖姆’舞或是‘维多利亚’舞开场。”

说到这里，胸前围着白围裙的女侍，两手各握着四五只大酒杯的杯柄，杯里盛着满满的啤酒，晃晃荡荡翻着泡沫。“想等着开一桶新的，便耽误了一会儿，请原谅。”一一递给已经喝完一杯的客人。“这儿来，这儿来！”少女将女侍招呼过来，给手中尚端着杯子的巨势面前也放了一杯。巨势呷了一口，继续说道：

“我在角落里一条长凳上坐下来，看着这热闹的景象。这时，门开了，进来一个卖栗子的意大利少年，年纪在十五岁上下，邋里邋遢。挎着的盒子里，堆满装在纸袋里的炒栗子。‘先生，买栗子吗？’他大声吆喝着。随之进来的，是一个十二三岁的少女。旧帽子深深戴在头上，顶端垂在脑后，冻红的两手捧着镂空的竹篮。竹篮里衬了几层常绿的叶子，上面摆着几束不合时令的紫罗兰，一束束包扎得十分可爱。‘买花吗？’她低着头叫卖，声音清纯悦耳，至今难忘。少年和少女，不像是一起的，那少女也不像是等少年进门才趁机进来的。

“这两人情形各异，一眼就能看出。那不像人样，甚至有点可厌的卖栗子少年，同温柔可爱的卖花少女，各自在人群中穿来穿去。走到座位中间，收银台前，有位大学生模样的男子在那里歇着，带来的一只英国种大狗一直趴在地上，这时狗站了起来，塌下腰，伸开四爪，把鼻子伸进栗子盒里。少年见状连忙赶狗，狗吓得直往后退，正好撞上走过来的少女，‘哎呀’一惊，手中的花篮掉在地上。美丽的紫罗兰花束，散落四处，花茎上包的锡纸，晶光闪亮，狗仿佛得到了什么可意的东西，又踩又咬。屋里炉火很热，鞋上的雪融化开来，流了一地板。周围的人，有的笑，有的骂，而落花凋零，委于尘土。卖栗子的少年抬脚溜了出去。学生模样的男人，打着哈欠叱责他的狗。少女看着地上的花发呆，她没有啜泣，难道是因为惯于愁苦，已哭干了眼泪？还是惊得不知所措，没有想到一日的生计化为泡影了呢？过了一会儿，少女有气无力地拾起余下的两三束花。这工夫，老板得到收款女人的通知走了出来，是个脸膛红红、大腹便便的男人，围着白围裙，粗大的拳头叉在腰上，瞪着卖花少女，吼道：‘我这儿有规矩，不允许骗子之类的在店里卖东西。快滚！’少女无言地走了出去，满屋的人冷眼旁观，竟没有一滴同情之泪。

“我将几枚硬币扔在收银台的石板上，付过咖啡钱便拿起外套出了门。一看卖花少女正孤零零地边走边抽泣，喊她也不应，我追了上去：‘喂，好孩子，紫罗兰的钱，我来付吧。’听我这样说，她抬起头看着我。那姣美的脸庞，深蓝的眸子，蕴含着无限的忧愁，只要看上一眼，便叫人断肠。我把袋中的七八个马克尽数放在空篮子中的树叶上。她惊讶得还没张口，我便转身走开了。那姣美的面庞，那一双眸子，时时闪现在我眼前，永远不再消逝。到了德累斯顿，许可我在画廊里临摹，奇怪的是，面对维纳斯、勒达、圣母、海伦这些画像，卖花少女的面庞总是雾一般遮在画像面前。这样，我对自己艺事的长进，毫无信心，整日蛰居在旅馆楼上，简直要把皮长椅坐出窟窿来。一天，我忽生勇猛之心，要竭尽全力，使卖花少女传之不朽。我所见到的卖花少女的眼神，并非眺望春潮的喜悦之色，也非望断暮云的如梦之心，与身处意大利的古迹间，有白鸽飞舞的情境也不相称。在我的想象中，应让那少女置身于莱茵河畔的岩石上，手抚琴弦，哀歌一曲。下面流水滔滔，我驾起一叶小舟，向她高高举起双手，脸上流露出无限的爱意。无数的水中精灵和女妖围着小舟，出没于波浪之间，揶揄嘲笑我这痴汉。今天，来到慕尼黑首府，暂借美术学校的画廊，拿出行李中这唯一的画稿，请求各位师友评判，以期完成这幅画作。”

巨势不知不觉说了许多话，说完，他那蒙古人般细长的眼睛炯炯发亮。有两三个人喊道：“说得好！”艾克斯特听他说完，淡淡一笑道：“各位届时请赏光去看画，一星期后，巨势的画室便能准备就绪。”玛丽听到一半，脸色就变了，一双眼睛紧盯着巨势的嘴巴，手上的酒杯有一阵曾微微发颤。巨势一来，即感惊讶，玛丽与那卖花少女何其相似。她听得入了迷，望着自己的那眼神，毫无疑问就是她。难道说是我的想象在作怪？故事讲完后，少女凝视着巨势，问道：“那卖花的，后来您再也没见到过吗？”巨势似乎一时答不上来：“没有。遇见她的当晚，我便乘火车去了德累斯顿。倘若您不怪我语言冒犯，便实言相告。我的卖花少女，拙作‘罗蕾莱’，以后您会看到，毫无疑问，画的正是您。”

众人大声笑了起来。“我并不是画中的人。我觉得，同您之间，隔着那个卖花少女。您以为我是谁？”说着少女站起身，半认真半调侃，用熟悉的声音说道，“我就是那个卖紫罗兰的，对您的情意，愿以此回报。”少女隔着桌子，伸手捧住巨势低垂的头，在他额上亲了一吻。

这阵乱哄哄之际，少女碰翻了面前的酒杯，溅湿了衣裳，酒洒在桌上，蛇似的逶迤流向每个人的面前。巨势觉得有一对滚烫的手心，捂在自己两耳上，没等他惊觉，比手更热的双唇贴上了他额头。“不要叫我的朋友昏过去呀！”艾克斯特喊道。有一半人从椅子上站起来，有一看客说：“真是非同寻常的好把戏。”另一人笑道：“我们倒成了没娘儿了，可叹可气。”其他桌上的人也饶有兴味地瞧着热闹。

坐在少女身旁的人说道：“也该照顾照顾在下嘛。”伸出右手搂住少女的腰肢。少女喊道：“哎哟哟，好没教养的没娘儿！对于你们，这才是最合适的亲吻！”少女大声说道，挣脱开站了起来，一双美目，仿佛要射出电光，傲然藐视一座的客人。巨势只是目瞪口呆，看着眼前的情景。此时的少女，既不像卖紫罗兰的小女孩，也不像他的“罗蕾莱”，却正是凯旋门上的巴伐利亚女神。

不知是谁喝完咖啡后要的一杯水，少女拿起来喝了一口，噗地喷了出去。“没娘儿呀，没娘儿！你们哪个不是艺术的没娘儿！学佛罗伦萨画派的，成了米开朗琪罗、达·芬奇的幽灵；学荷兰画派的，便成鲁本斯、范·迪克的幽灵；即使是学我国的阿尔布雷特·丢勒的，也很少不是他的幽灵的。美术馆里挂上两三张习作，一旦卖出个好价钱，第二天早上便自诩为‘七星’‘十杰’‘十二圣人’，自吹自擂。如此一群残渣废物，怎能让密涅娃的樱唇挨上呢！我以这冰冷的一吻，让你们满足去吧。”

喷出水雾后的这番说辞，巨势虽不甚清楚所指何事，但也能猜出是讥讽时下的绘画。他凝望着少女的面觉得像巴伐利亚女神一样，其威仪毫不逊色。说完，少女拿起桌上被酒沾湿的手套，大步走了出去。

大家极其扫兴，一人骂她“疯子”，另一人则说：“迟早非报复你不可。”少女走到门口回头道：“何必生那么大的气！透过月光好好瞧瞧，你额头上并没有血，因为我喷的，不过是水罢了。”

中

怪少女走后不久，大家也纷纷散去。归途上，巨势向艾克斯特打听，艾克斯特回答说：“是美术学校的一个模特儿，叫韩斯小姐。正如你看到的那样，举止有些乖张，所以叫她‘疯子’。因与其他的模特儿不同，不肯裸露身体，故而怀疑她是不是有缺陷。她的来历没人知道，但很有教养，气度不凡。未见有什么不端的行为，很多人都愿同她来往。长得实在是漂亮，这你是看到的。”

巨势又说：“我画画倒正用得着。等画室收拾好那天，请通知她光临一下。”

艾克斯特答应道：“知道了。不过她已非十三岁的卖花小女孩，要研究裸体，不觉得危险吗？”

巨势说：“你方才说过，她不做裸模。”

艾克斯特说道：“诚如所言。不过，她同男人接吻，今天倒是初次见到。”

听了艾克斯特这句话，巨势的脸一下红了起来。也许是席勒纪念碑附近，路灯昏暗，他朋友没看出来。到了巨势下榻的旅馆前，两人分手作别。

一星期后，在艾克斯特的周旋下，美术学校借了一间画室给巨势。南面是走廊，北面有一扇大玻璃窗，占去半面墙，同旁边的画室仅用一道帐幔隔开。当时阴历六月半，学生大多旅行未归，所以隔壁无人，不必担心别人打扰，倒还差强人意。巨势站在画架前，指着他画的“罗蕾莱”，对刚进画室的少女说道：“您问的，就是这幅画。虽然您觉得可笑，但就在您嘲笑的时候，您的神态同这幅未完成的人物，却极其相似，尽管您不那么认为。”

少女大声笑了起来：“请别忘了，那天晚上您说过，‘罗蕾莱’的原型，卖紫罗兰的，不就是我吗？”随即敛容正色道，“您不相信我，确也难怪。他们都叫我疯子，恐怕您也这么认为。”听她的话，倒没有戏谑的成分。

巨势半信半疑，忍不住对少女说道：“别再折磨人了。我额上至今还感到您热烈的一吻。虽然我认为那仅是瞬间的儿戏，不知有多少次想尽量去忘掉，可是，心里的疑团，始终解不开。唉，请您说说您真实的身份吧，不要让我再痛苦下去了。”

窗下的小几上，堆着刚从行李中取出来的旧画报、没用完的油画颜料管和留在粗糙的烟斗上的香烟头。巨势靠在茶几上支腮静听，少女坐在对面藤椅上，款款说道：

“该从哪儿说起呢？在这所学校，拿到模特儿执照时，我用的姓是韩斯，那不是我的真姓。我父亲叫施坦因巴赫，是名重一时的画家，曾受到当今国王的赏识。我十二岁那年，王宫冬园举行晚会，父母都受到邀请。晚会快结束时，国王不见了。人人感到惊讶，便在热带植物茂盛的玻璃暖房里到处寻找。园子的一角，是著名的‘浮士德与少女’雕像——坦达尔基尼斯的杰作。父亲找到那儿，听见一声撕心裂肺的呼叫：‘救救我！救救我！’他循声找去，走到金黄拱顶的亭子门口。亭子周围是密密的棕榈树，煤气灯虽给叶子挡着，光线依旧泻到五颜六色的玻璃窗上，淡淡地映出奇怪的人影。这时，有个女人挣扎着要逃开，却被国王拦住了。等到看清女人的面庞，父亲心里真不知是什么滋味。那女人就是我母亲。事出意外，父亲略一踌躇。‘请原谅，陛下！’说着便把国王推倒，母亲趁机得以逃掉。国王冷不防给推倒，爬起来便同父亲扭打在一起。国王身强力壮，父亲哪儿敌得过，被国王压在身下，用喷水壶猛打一气。内阁秘书官齐格莱尔知道这事，曾经劝谏，本应将父亲关进新斯万斯坦古堡，因有人说情搭救，便放了出来。那天晚上，我在家里等着父母。用人禀报称父母回来了，我高高兴兴跑出去一看，父亲是给抬回来的，母亲则抱住我痛哭。”

少女沉默了一下。此时天空比早晨更加阴沉，下起雨来，阵阵雨点，哗啦哗啦打在窗上。巨势说道："昨天报纸上，说国王疯了，已住到施塔恩贝格湖附近的贝尔格城。这病是不是那时得的？"

少女接着说道："国王不喜欢繁华，所以住在偏僻的地方，昼寝夜起，已经很久了。普法战争时，他在国会里压倒天主教一派，公开站在普鲁士一边，可谓国王中年的功勋，可惜渐渐被他的暴政所掩盖，虽然没有人公开讲，但是对陆军大臣梅林格和财政大臣李德尔等人，无故便要判人死刑，这事情尽管秘而不宣，却是无人不知。国王白天休息时，屏退一切侍从，梦中常常喊'玛丽'，据说有人听见过。我母亲也叫玛丽。无望的单相思，岂不更加重国王的病情！我跟母亲长得有些相像，她的美貌，在宫里是无与伦比的。

"不久，父亲病故。他一向交游广阔，轻财仗义，不谙世故，没留下一点家产。后来，在达豪尔街北头，有栋简陋的房子，楼上有空房，我们租了下来。可是自从搬到那里，母亲也病倒了。这样的日子里，人心也会改变。经历无数的苦难，早使我那颗童稚的心，变得憎恨一切世人。第二年一月狂欢节时，所有值钱的衣物都已卖光，由于连日断炊，我便随穷孩子学卖花。母亲去世前，能过上三四天安宁的日子，全靠您的所赐。

"帮忙料理母亲后事的，是住在楼上的裁缝。他说我一个可怜的孤儿，不能置之不管，要收养我，我当时挺高兴，现在想起来痛悔不已。裁缝有两个女儿，极其挑剔，曾见过她们卖弄风情的样子，待收养我以后才知道，一到夜里，常常有客人登门。饮酒大笑，打情骂俏，或是唱歌作乐，客人多是外国人，贵国留学生也有来光顾的。有一天，主人命我换上新衣裳，当时，他看着我笑，那样子很可怕，我一个小孩子家，一点也不开心。过了中午，来了一个四十来岁的陌生男子，说要去施塔恩贝格湖，主人和那人一起劝我也去。也许因为父亲在世时曾陪我去过，玩得好开心，至今仍不能忘怀，所以，我勉强答应了。他们一齐夸我：‘这才是好孩子。’带我去的那男人，一路上倒挺和气，到了那儿，乘上‘巴伐利亚’号游艇，还带我去餐厅吃东西，劝我喝酒，我说喝不惯，拒绝没喝。船到了终点希斯豪普特，那人又租了一条小船，说要划船玩。看到天色已晚，我很担心，便说快些返回吧，他执意不肯，把船划了出去。沿着湖边划了一阵，然后划进一片芦苇，远离人迹，那人才停下小船。我当时只有十三岁，起初全然不知是怎么回事，后来见那人脸色变得十分吓人，便不顾一切跳进水里。事过之后，等我苏醒过来，人已在湖畔渔夫家里，一对穷夫妇照顾着我。我对他们说，我已无家可归，就在那儿住了一两天。这对打鱼的夫妇很纯朴，处熟了，我就向他们说出我的身世。他们可怜我，便把我当女儿来养。韩斯，就是这位渔夫的姓。

“这一来，我成了渔夫的女儿。由于身体瘦弱，桨也划不动，就到雷奥尼附近一家有钱的英国人家里做用人。养父母信天主教，虽然不愿意我给英国人干活儿，但我学会识字看书，全靠英国人雇的家庭女教师帮助。女教师四十多岁，未婚，比起傲慢无礼的小姐，她更喜欢我。三年里，我读遍了女教师不算丰富的藏书，想必有许多读错的地方。此外，还有各式各样的文章，既有科尼盖的交际大全，也有洪堡的长生术，歌德和席勒的诗读了大半，翻阅过科尼西的通俗文学史，也浏览过卢浮宫、德累斯顿美术馆的相册，以及泰纳论美术的译本。

“去年，英国人举家回国，本想再找一家那样的人家做工，由于出身低贱，当地贵族不肯雇我。后来，这所学校的老师无意中发现我，使我有了当模特儿的机缘，最后取得了执照。不过，我是著名画家施坦因巴赫的女儿这身世，却没人知道。如今，我混迹于这些美术家当中，只是嘻嘻哈哈地打发日子。果然，居斯塔夫・弗赖塔克说得不错，像美术家那样的放浪形骸，世上无人能及。单独与之交往时，须臾不可掉以轻心。我存心不靠拢，不接触，没料到，竟成了‘怪人’，正如您见到的那样。有时连自己也怀疑，我不会是个疯子吧？也曾想过，或许是在雷奥尼读的那些书在作祟吧？倘若真是这样，那么世上称之为博士的人，说起来，岂不都该是疯子！骂我疯子的那帮美术家没成疯子，倒真该替自己发愁才是。要是没一点儿疯劲，就当不成英雄豪杰，成不了名家巨匠，这无需塞涅卡或莎士比亚去论述。您瞧，我多博学。要把我当成疯子的，看我不疯，他们好悲哀；不该疯的国王，听说成了疯子，也让人悲哀。世事多悲哀，白天，同蝉声一起悲鸣，夜晚，随着蛙声哭泣，可是，却无人为此感到悲哀。我觉得，唯有您不会无情地嘲笑我，所以才畅诉衷曲，请别见怪。唉，难道这也是发疯不成？”

下

透过水汽蒙蒙的玻璃窗向外看去，阴晴不定的天空，雨终于停了，学校庭院里唯见树木摇曳。听少女说话的工夫，巨势胸中百感交集。一忽儿，宛如与妹妹久别重逢，一腔兄长之情；一忽儿，好似雕塑家面对废园中倒伏的维纳斯像，一颗苦恼之心；一忽儿，仿佛见到美女心旌摇荡，自警坚守持戒的高僧之志。听完少女的一席话，巨势心绪缭乱，浑身发颤，不知不觉竟要跪倒在少女面前。少女蓦地站起身来，说道："这屋里好热。学校快关大门了，雨也停了。同您在一起，没什么好怕的。要不要一起去施塔恩贝格湖？"取起身旁的帽子戴到头上。那样子，丝毫也不怀疑，巨势准会陪她去。巨势如同母亲带领的幼儿，跟随在少女的身后。

在校门口雇了一辆马车，不久就到了车站。今天虽是星期天，但也许是因为天气不好，从近郊回来的人不多，所以这一带极安静。有个女人卖号外，买来一张一看，国王住到贝尔格城之后，因病情稳定，御医古登已让放松护卫。火车上，多是去湖畔避暑的，还有进城购物回来的人。大家纷纷议论国王的事："国王同在霍恩斯万皋城时不一样，心神似乎平静下来了。去贝尔格城的路上，在希斯豪普特曾经要过水喝。看到附近的渔夫，还温和地点了点头。"带着浓重口音说这话的，是个手挽购物篮子的老妇人。

车行一小时，到达施塔恩贝格湖，已是傍晚五点了。倘若徒步去，得一天的时间。不知为什么，觉得离阿尔卑斯山好像很近似的，连这阴沉的天气，也让人心胸舒畅。火车逶迤而行，丘陵尽处顿显开阔，是烟波浩渺的湖水。车站在西南角，隐约可见东岸上暮霭笼罩着的林木和渔村。南面近山，一望无际。

少女带路，巨势登上右面的石阶，来到号称“巴伐利亚庭园”的旅馆前，没有屋檐的地方，摆着石桌石凳，因刚下过雨，上面都是水，没有人坐。侍应生穿着黑上衣，系着白围裙，似乎在嘟哝着什么，一面放下扣在桌上的椅子擦拭。挨着一边的屋檐有个蔓草攀缠的架子。猛然看去，有群客人围着圆桌坐在下面，准是在旅馆住宿的客人。男男女女混在一起，其中有那天夜里在密涅娃咖啡馆认识的人。巨势要过去打招呼，给少女拦住了，说道：“那些人不是您应当接近的。我们只是上这里来的两个年轻人，该难为情的应是他们，而不是我们。等认出我们来，您瞧吧，要不了多久，他们就会坐不住躲开的。”刚说完，那些美术家果然离座进了旅馆。少女把侍应生叫来，问游艇什么时候开，侍应生指指翻涌的乌云说，天气如此不牢靠，船必是不会开了。她便吩咐叫车，说想去雷奥尼。

马车来了，巨势和少女两人坐了上去，从车站旁赶向东岸。这时从阿尔卑斯刮来山风，湖上浓雾弥漫，回望方才经过的湖畔，已是灰蒙蒙的一片，仅见黑乎乎的屋顶和树梢。车夫转过头来问道：“下雨了，把车篷支起来吧？”少女答道：“不用。”又对巨势说，“多痛快，这样玩！从前，我几乎把命丢在这湖里，后来，也是在这湖里，捡回一条命。所以，对您讲真心话，无论如何也该在这里，所以就把您邀来了。在洛丽安咖啡馆，您看到我出丑，是您搭救了我；从此，我活着便一心盼着要再见到您，一晃几年过去了。那天晚上，在密涅娃咖啡馆听到您那番话，那份高兴劲儿就别提了！平日与那些美术家为伍，却从不把他们当回事，因此，看到我侮辱人、目空一切的举止，您一定会认为我没有教养。可是，人生几何，欢乐不过是弹指一挥间。如果不及时欢笑，终有后悔之日。”说着，她摘下帽子扔在一边，把头转了过来，那张俏脸红得如热血在大理石脉中流淌；金发在风中飘拂，恰似骏马长嘶，摇动着鬃毛，“今朝，唯有今朝。昨日虽有，又何能作为？而明天、后天，却空而不实。”

这时，两点三点，豆大的雨点打在车里两人的身上，眨眼之间雨点愈来愈密。巨势看到雨柱从湖上迅猛横扫过来，打在少女一侧绯红的面颊上，心里愈来愈感茫然。少女伸出头去喊道：“车夫！加你酒钱，快些赶！快马加鞭！再加一鞭！”说着右手搂住巨势的脖颈，自己仰起了头。巨势的头搁在少女绵软的肩上，看着少女，宛如梦中一般，心里不禁又浮现出巴伐利亚女神的模样。

车到国王驻跸的贝尔格城下，暴雨如注。朝湖上望去，阵阵狂风，掀起一道道深浅不一的波纹，深处显出白花花的雨脚，浅处则是黑幽幽的风痕。车夫停下车说：“差不多了吧。淋狠了，客人会着凉的。这车旧虽旧，若要淋得太厉害，也会挨车主骂的。”说完麻利地支起车篷，紧抽一鞭，急急赶路。

暴雨仍下个不停，雷声震耳，十分可怕。道路进入林间，这一带，即便夏日里太阳高悬，林中道路也相当幽暗。太阳晒过的草木经雨水滋润，散发出清香，吹进车里。两人仿佛口渴的人喝水一样，大口大口地吸着新鲜空气。在雷声停息的瞬间，夜莺对这恶劣的天气仿佛全无畏惧，声清如玉，婉转啼鸣。这岂不是如同孤独的旅人行走在寂寞的路上，放声歌唱一般？这时，玛丽双手搂住巨势的脖子，身子压了过去。电光透过树叶，照到两人相视而笑的脸上。啊，他们已进入忘我之境；忘记所乘的马车，忘记车外的世界。出了林子，是一段下坡路，狂风吹走一团团乌云，雨停了。湖面上的雾，如同层层幔布，依次揭开之后，转瞬间雾散天晴。西岸上的人家，现在已如在眼前，清晰可见。只是每当经过树下，留在枝头上的雨滴，风吹过时便纷纷洒落。

在雷奥尼下了车。左面是洛特曼山冈，上面高耸着一块石碑，题为“湖上第一胜”，右面是音乐家雷奥尼在水滨开的酒店。走路时，少女两手挽住巨势，紧紧靠着他，到了店前，回首望着山冈说：“雇我的那家英国人，就住在半山腰。韩斯老夫妇的渔夫小屋，离这儿也就百来步。我想带您一起去那里，可心慌得很，先在这店里歇会儿好吗？”于是巨势走进店里，订晚餐时，对方答称：“七点之前，来不及准备，无论如何得等半小时。”这地方只有夏天才有游客，侍应生年年换人，所以没有人认得玛丽。

少女忽然站了起来，指着系在栈桥上的小船问：“您会划船吗？”巨势回答说：“在德累斯顿时，曾在卡罗拉湖上划过，谈不上划得好，不过，载你一个人，哪有不能的呢？”少女说道：“院子里的椅子都淋湿了，待在屋里又太热，带上我划一会儿吧。”

巨势把脱下来的夏季外套让少女披上，然后登上小船，拿起桨划起来。雨虽然停了，天还阴着，暮色早已来到对岸。波浪依旧，拍打着船舷，想必是方才狂风激起的余波。巨势沿着湖畔，朝贝尔格城划去，一直划到雷奥尼村头。湖畔没有树木的地方，细沙铺路，渐渐低了下去，水滨安放着长椅。小船碰到一丛芦苇，沙沙作响。这时，岸边响起脚步声，有人从树丛里走出来，身高约有六尺，穿着黑外套，手提一把收拢的雨伞。在他左手靠后的，是一位须发皆白的老人。前面的人垂着头走了过来，宽檐帽遮住了脸，看不见什么模样。此时这人从树丛中走出来，面向湖水，站了一会儿，只见他一只手摘下帽子，仰起脸，长长的黑发向后拢了拢，露出宽阔的额头，脸色苍白得带些灰，两眼深陷，目光四射。玛丽披着巨势的外套蹲在小船上，也看到了岸上的人。这时，她猛地惊呼道："是国王！"霍地站了起来，肩上的外套掉了下去。帽子方才摘下来时，搁在酒店里没戴出来，身着一袭白色的夏衣，散乱的金发轻拂她的肩膀。站在岸上的，确实是带御医古登出来散步的国王。国王仿佛看到一个奇妙的幻影，迷离恍惚之中认出少女，立即狂呼一声："玛丽！"扔下伞，奔到岸边的浅滩上。"啊！"少女叫了一声，当即晕倒。巨势伸手去扶，未及够到，她人已然倒下，随着船身的摇晃，伏面坠入水中。此处的湖底是一斜坡，越往湖心水越深，小船所停之处，应该离岸不到五尺。然而，岸边的沙滩混着黏土，呈烂泥状，国王的两脚深陷其内，拔不出来。这时，跟随国王的老御医，也扔掉伞追了上去，人虽老却力不衰，溅起水花三脚两脚赶上去，一把拽住国王的衣领想往回拖。而国王不肯，御医手里只抓住外套和上衣，随手扔在一边，仍想把国王拖回来。国王转身跟他厮打起来。两人谁都不出声，彼此扭作一团。

这仅是一瞬间的事。少女坠水时，巨势只抓住她的衣裳。她的胸口重重地撞上隐没在芦苇中的木桩，快要下沉淹没之际，才好不容易将她捞起。看着水边厮打的两人，便往来的方向划了回去。巨势一心只顾如何救少女，顾不到其他。划到雷奥尼的酒店前，他没有上岸，因听说老渔夫的家离这里也就百来步，便朝他们的小茅屋划去。夕阳已经西下，岸边是一片枝叶繁茂的槲树和赤杨，水面呈一湖汊，暮色中隐约可见芦苇中的水草，开着白色小花。少女躺在小船上，凌乱的头发沾着泥浆和水藻，有谁见了会不心痛呢？正在此时，小船惊起芦苇间的萤火虫儿，高高地飞向彼岸。唉，岂非少女的一缕香魂正在飞升！

不一会儿，看见隐没在树影中的灯光。走近茅屋，招呼道："这是韩斯的家吗？"倾塌的屋檐下，小窗开了，一个白发老妇探头看着小船。"今年也求到供水神的祭品了！昨天，当家的就给叫到贝尔格城去了，现在还没回来。要是急救，请进来吧。"声音平和地说道，正要关窗，巨势大声喊道："掉在水里的是玛丽，是您的玛丽啊！"老妇不等听完，任凭窗子大敞着，连忙跑到栈桥边，边哭边帮着巨势把少女抱进屋。

进门一看，只有一间屋子，半边铺了地板。灶台上，小油灯似乎刚刚点上，发出微微的亮光。四面墙上是粗制的彩画，画着耶稣事迹，已经让油烟熏得模糊不清。虽然点起柴火，想方设法救治，少女终究没有再苏醒过来。巨势和老妇一起在遗体旁守夜，看着少女如同泡沫一般泯灭，不禁哀叹这无常多恨的人世。

时当1888年6月13日傍晚七点，巴伐利亚国王路德维希二世，溺水驾崩。欲救国王的老御医古登，亦同时殒命，据说御医脸上，死时犹有国王的抓痕。这一可怕的消息，于第二天，令首府慕尼黑震惊。街头巷尾张贴着加黑框的讣告，下面人山人海。报纸号外上，登着有关发现国王遗体的种种揣测，人人争购。列队点名的士兵，身穿礼服，头戴巴伐利亚黑毛盔，警官骑在马上，有的则徒步从对面跑来，一片说不出的杂沓混乱。国王虽然久未在百姓中露面，但毕竟令人沉痛，街上行人无不面带哀戚。美术学校也卷入这一混乱中，新来的巨势不知去向，竟谁都没有放在心上，唯有艾克斯特惦记着朋友的下落。

6月15日早上，国王的灵柩离开贝尔格城，于半夜时分才迎归首府。美术学校的学生走出密涅娃咖啡馆时，艾克斯特忽然心念一动，进了巨势的画室，果然见他跪在“罗蕾莱”画下，三天之间，他的容貌大变，显得十分憔悴。

国王暴卒的新闻淹没了一切，雷奥尼附近渔夫的女儿在同一时间溺亡，竟无人问起。

信使

ふみづかい

某亲王在星冈茶寮举行德意志同学会，请回国的军官依次讲一段亲身经历。这时有人催促道："今晚轮到您，殿下正翘首以待。"刚升大尉不久的青年军官小林，取下口中的香烟，在火盆上弹了弹灰，遂开口说了起来。

我给派到萨克森军团，参加秋季演习。那天，在拉格维茨村边，对抗演习已经结束，接下来是攻击假想敌。小山丘上，布置着散兵，认定了敌人，便利用斜坡、树丛、农舍等地形，巧为掩护，从四面发起攻击，蔚为壮观。附近的村民成群结队地从四面八方赶来，中间有一群少女，穿着漂亮的黑天鹅绒衣裳，打着饰有草花的阳伞，伞面小巧得像个圆盘，拿手镜不停地打量各处。其中，对面山坡上的一群，尤显得高贵典雅。

时当九月初，那日难得秋空一碧，空气澄净。在五光十色的人群中，停了一辆马车，车上坐着几位年轻的贵族小姐，衣着颜色相映成趣，真个是花团锦簇，华贵非凡。无论站着还是坐着，身上的腰带或帽带，在风中纷纷飘扬。旁边，有位白发老者骑在马上，虽然只穿件系着牛角扣的绿色猎装，戴一顶驼色帽子，但一看便是有身份的人。稍后，是位骑小白马的少女，我用手镜朝她打量过去。她穿了一件下摆长长的铁灰色骑装，黑帽子上罩着白纱，风姿绰约，十分高贵。此刻，对面林中忽然冲出一队轻骑兵，她一心在看这队骁勇剽悍的骑兵。尽管人声嘈杂，她却不屑一顾，显得卓尔不群。

“对一位非同寻常的人儿上心了吧？”有位留着长长的八字胡、气色极好的青年军官，轻轻拍了拍我的肩膀说。他是同在营本部供事的中尉封·梅尔海姆男爵。“我认识他们，是杜本城堡主人毕洛夫伯爵一家。营部已决定今晚借宿他们城堡，您就会有拜识的机会。”说完，见轻骑兵正朝我方左侧逼近，梅尔海姆便策马而去。与他交往虽然不久，却已感到此人生性善良。

等大队人马攻到山下，当天的演习便告结束，例行的评判也有了结果，于是我和梅尔海姆随同营长赶往今晚的宿营地。中间略高的马路，蜿蜒在茬口齐整的麦田里。水声时时可闻，流经树林那边的是穆德河，分明已近在眼前。营长红红的脸膛，年纪在四十三四岁，一头褐发颜色尚浓，但额上的皱纹已很明显。他为人质朴，说话不多，但有个口头禅，说上三两句，便会来一句“就我个人而言”。他蓦地对梅尔海姆说道：“想必未婚妻在等你吧？”“请原谅，少校。我还没有未婚妻呢。”“嗯？请别见怪。就我个人而言，以为伊达小姐正是。”两人说话的工夫，已来到城堡前。低矮的铁栅栏围着园子，一条笔直的细沙路将铁栅栏分成左右两侧，路的尽头有座旧的石门。进门一看，雪白的木槿花开得一片烂漫，后面便是一座白墙红瓦的巍峨宫殿。南面有座高高的石塔，似乎是照埃及的方尖塔仿造的。穿号衣的仆人知悉今晚住宿的事，已在门口迎候，将我们带上白石台阶。残阳如血，透过圆木的缝隙泻出，照在蹲踞石阶两侧的人面狮身雕像上。我是头一次走进德国贵族的城堡，心想那会是怎样一番光景呢？方才远远望见的马上美人儿，又是何许人呢？这些都还是未知数。

四面的墙壁和拱顶上，画着形形色色的神鬼龙蛇，各处摆着长方的柜子，柱子上刻着兽头，挂着一排古代的刀剑盾牌，经过几根这样的柱子，我们最后给带上了楼。

毕洛夫伯爵已换上宽大的黑上衣，好像是日常便服，与伯爵夫人同在屋内，因是旧相识，见到营长便亲切握手迎候。营长将我引见给伯爵，伯爵以他深沉雄厚的声音自报姓名，对梅尔海姆中尉则轻轻点了点头，说了句：“你来了，太好了。”夫人看起来比伯爵显老，起坐不甚方便，但目光里流露出内心的优雅。她把梅尔海姆叫到身旁，不知低声说些什么。这时，伯爵说道：“今天想必很劳顿，请先稍事休息。”命人把我们带到房间去。

我和梅尔海姆同住一间朝东的房间。穆德河水拍打着窗下的基石。对岸的草丛依旧葱茏，后面的柏树林已夕烟弥漫。河水向右流去，宛如膝盖般露出水面的陆地上有三两家农舍，水车漆黑的转轮耸立在半空。左面临水，古堡的一间屋子突出在外，仿佛是露台一样的窗子敞着一条缝，三四个少女把头挤作一堆，正向这边张望，但骑白马的人儿却不在内。梅尔海姆已脱掉军服，正朝洗脸盆走去，求我道："那边是年轻小姐的卧室，劳驾，请快关上窗子。"

天黑后，我随梅尔海姆去餐厅，说道："伯爵府上的小姐真多呀。""原先有六位，一位已嫁给我朋友法布利斯伯爵，待字闺中的还剩五位。""您说的法布利斯伯爵，莫非就是国务大臣的公子吗？""正是。大臣的夫人是本城堡主人的姐姐，我朋友是大臣的哲嗣。"

在餐桌前就座，一看，五位小姐都打扮得花枝招展，不分轩轾。年长的一位穿一身黑，觉得眼熟，正是方才骑白马的那位。其他几位小姐对日本人很好奇，伯爵夫人夸我的军服，其中一位接口道："黑底子配黑纽扣，倒像是布劳恩施威格州的军官。"最年幼的一位，脸蛋红红的，则说："才不像呢。"毕竟年幼，脸上露出不屑的神情，大家忍不住笑了起来。她便羞红了脸，俯首对着汤盘。穿黑衣的那位，眼睫毛连动都没动一下。隔了一会儿，小小姐似乎想补救方才的唐突，说道："不过，他军服浑身上下一色黑，伊达准喜欢。"听了这话，黑衣小姐回头瞅了她一眼。这双眼睛平时总是茫然凝神远望，一旦对着人，说起话来，才露出真情。此刻眼睛虽在嗔怪，却满含着笑意。从小小姐嘴里得知，方才营长讲起梅尔海姆的未婚妻时提到的伊达小姐，原来便是这位。于是我仔细观察，发现梅尔海姆的言谈举止，无不流露出对她的爱慕。而且伯爵夫妇心中，也已认可。伊达小姐身材修长苗条，在五姐妹中，唯有她是黑头发。除了那双会说话的眼睛外，长得不见得比其他几位小姐更俏丽。常常眉尖微蹙，脸色略显苍白，想是身着黑衣的缘故吧。

饭后，移席到隔壁房间，像是间小客厅，里面摆了许多软椅子和矮沙发，招待客人在这里喝咖啡。仆人端来盛烈酒的小酒杯。除了主人，谁都没要，只有营长："就我个人而言，这种沙特乐烈性酒才够劲儿。"说完一饮而尽。这时，我背后的暗处，突然发出怪声："我个人，我个人……"我惊讶地回头看去，见屋角有个大金丝笼，是里面的鹦鹉以前听过营长说话，眼前在学舌。几位小姐低声道："哎哟，瞧这鸟！"营长自己倒先哈哈大笑起来。

主人和营长抽着烟，聊起打猎的事，走进隔壁小房间。小小姐方才一直盯着我，想和我这个稀奇的日本人搭话，我于是笑着先问："这只聪明的鸟是您的吗？""不是。虽说没规定是谁的，不过我也顶喜欢。从前养过许多鸽子，养得十分驯服，常常缠人，可伊达她非常讨厌，就全让人拿走了。只有这只鹦鹉，不知多恨姐姐呢，总算侥幸，现在还养着。是不是呀？"她朝鹦鹉探过头去说道。这只恨伊达小姐的鸟，张开钩嘴，重复道："是不是呀？是不是呀？"

这时，梅尔海姆走到伊达小姐身旁，不知求她什么事，她不肯答应，看到伯爵夫人发话，这才起身走到钢琴边。仆人赶忙点上蜡烛，摆在左右两侧。"给您拿哪本琴谱？"梅尔海姆说着便朝琴边的小桌走去。"不必了。没有琴谱也能弹。"说罢，伊达小姐的指尖徐徐触到键盘上，顿时响起金石般铿锵的声音。曲调时而热烈时而舒缓，小姐的脸色也犹如清晨的朝霞。一忽儿仿佛水晶念珠的切切细响，穆德河水也应为之断流；一忽儿好似刀枪齐鸣，杀气腾腾，威胁古代过往的行旅，惊醒城堡远祖的百年旧梦。啊，这位少女的一颗芳心，虽然封闭在她窄小的胸膛之中，无法言表，现在却借纤纤的指尖倾诉了出来！只觉得琴声似滚滚波涛，萦绕着这杜本城堡，别人与我一样，尽在旋律中载沉载浮。曲调进入高潮，潜伏在乐器中形形色色的精灵，皆在诉说那无限的愁绪，声声如泣。正在这时，城堡外忽然响起笛韵，小心翼翼地和着小姐的琴声，令人好不奇怪。

伊达小姐全神贯注，忘我地弹琴，猛然间听见笛声，不由得曲调错乱，弹出几个破裂音。她离座站了起来，脸色比平时更显苍白。几位小姐面面相觑，小声说道："又是那个蠢材兔唇在捣乱。"外面的笛声已停。

伯爵从小屋出来，向我解释道："这个曲子，伊达弹起来一向这么狂热，不足为奇。您吃惊了吧？"

虽然已经音沉响绝，但那曲调犹在耳边回旋，我心神恍惚地回到房间。今晚所见所闻使我难以入睡。看对面床上的梅尔海姆，也未能成眠。心中存了许多疑惑，虽有所顾忌，还是问了一句："方才那奇怪的笛声，您知道是谁吹的吗？"梅尔海姆转过脸回答说："这说来话长，好在不知什么缘故，今晚我也睡不着，索性起来说给您听吧。"

我们离开尚未睡热的被窝，下了床，在窗下的小几相对而坐，正要抽烟时，方才的笛声又在窗外响起，时断时续，好似稚幼的黄莺初次鸣啼。梅尔海姆清了清嗓子，开口说道：

“应当是十多年前的事了。离这儿不远的布吕森村，有个可怜的孤儿。六七岁时，父母得了时疫，双双去世，这孤儿因是兔唇，长相格外难看，没人肯照顾他，几乎快要饿死。有一天，他到城堡来讨吃剩的面包。当时伊达小姐只有十来岁，觉得他很可怜，让人给他东西，把自己玩的笛子也给了他，说道：‘你吹吹看。’因是兔唇，无法衔住笛子。伊达小姐便恳求母亲说：‘把他那难看的嘴给治治，好吧？’夫人觉得小姐年纪虽小，心地却善良，便叫医生给他缝好了。

“从那时起，那孩子便留在城堡里牧羊。送他玩的那支笛子从不离身。后来他自己用木头又削了一支，一心一意地学着吹，也没人教，居然吹出那样的音色来。

“前年夏天，我休假到城堡来，同伯爵一家骑马出游。伊达小姐骑着那匹小白骏马，跑得飞快，只有我跟在后面。在一条窄路的拐角，迎面来了一辆马车，车上的干草堆得很高。马一惊，跳了起来。幸好小姐夹住了鞍子。不等我去救，旁边的深草丛里，就听到有人‘啊’地叫了一声，便见羊倌飞奔过来，紧紧抓住小姐白马的辔头，让马镇静下来。小姐由此得知，羊倌在牧场上只要有空，就会时隐时现跟在她身后，于是打发人去犒赏。但是不知为什么，从不许他拜见。羊倌尽管偶尔见到小姐，小姐也从不与他说话，他知道自己招人厌恶，便躲开了。不过，至今仍旧不忘远远地守护着小姐。他喜欢将小舟系在小姐卧室的窗下，夜里就睡在干草上。”

梅尔海姆说完，各自就寝。东面的玻璃窗早已暗了下来，笛声也已停歇。这晚，我梦见伊达小姐的倩影。她骑的那匹白马眼见得变成黑色，我感到奇怪，便仔细看去，原来是张人脸，是那个兔唇。因在梦中，迷离恍惚，觉得小姐骑着它原也平常，可是再一看，以为是小姐的，却是人面狮身像的头，半睁着没有瞳孔的眼睛。我居然把老老实实并着前腿的狮子，看成了马。可是在人面狮身像的头上，竟蹲着那只鹦鹉，对着我笑，神情十分可恨。

翌日清晨起来，推开窗户，朝阳已将对岸的树林染成一片殷红，微风吹皱穆德河面，勾画出道道涟漪。水畔草原上，有一群羊。羊倌穿着黄绿色的短上衣，露出黑黑的小腿，身材极其矮小，一头红发乱蓬蓬的，手拿鞭子噼啪作响地抽着玩。

这天早晨，是在房间里喝的咖啡。中午，国王因莅临观看演习，举行盛宴，我要随营长前往格里玛狩猎俱乐部礼堂赴宴。所以穿好礼服等着动身。伯爵将马车借与我们，站在台阶上送行。今日的宴会，只招待将军与校官，我是以外国军官的身份出席的，梅尔海姆只得留在城堡里。虽说是乡村，礼堂竟出乎意料地富丽堂皇，餐桌上用的器皿，都是从王宫运来的，有纯银的盘子、梅森的瓷器。德国瓷器尽管模仿东方，但草花的釉色与我们日本的不一样。不过，德累斯顿宫里，倒有一间瓷器室，陈列着许多中国和日本的花瓶。我是头一回拜见国王陛下，他的身姿容貌，已俨然一白发老翁，是翻译但丁《神曲》的约翰王的后裔，说话极为得体："贵国拟在我们萨克森设公使馆，现在得以认识阁下，届时期待您来荣任此职。"让人听来非常恳切。但我必须让国王知道：在我国，选用旧交来担任要职，尚无先例；而没有外交官经历的人，又不能膺此重任。今天赴宴的将军和校官，约有一百三十人。有位身着骑兵服的老将军，极其魁伟，他便是国务大臣法布利斯伯爵。

黄昏时回到城堡，少女们的欢声笑语，石门外都能听见。马车刚要停下，已经熟稔的小小姐早就跑了过来，邀我道：“姐姐她们在玩槌球，您不来一起玩吗？”营长说：“不要让小姐扫兴。就我个人而言，要回去换衣服休息了。”听了他的话，我便随小小姐来到方尖塔下的园子里，小姐们正玩得起劲。草坪上处处埋着弓形的黑铁圈，用鞋尖踩住五色球，小槌一挥，从侧面击打出去，让球从弓形铁圈里钻出。打得好的人，百发百中；打得不好，会手忙脚乱，打到自己的脚。我解下佩剑，也加入进去，一心想：命中！命中！不承想，球总朝别处飞。小姐们齐声笑了起来。这时，伊达小姐手挽梅尔海姆的手臂，走了过来，两人的样子十分融洽。

梅尔海姆问我：“如何？今天的宴会有趣吗？”不等我回答，便说，“让我也参加进去吧。”便朝她们一伙走去。几位小姐彼此看了看，笑道：“已经玩累了。您跟姐姐上哪儿去了？”“到风景优美的岩石角那儿去了。不过不如这个方尖塔好。小林先生明天要随我们营到穆森去，你们哪一位陪他到塔尖上去，请他欣赏一下水车那里火车奔驰的风光？”

嘴快的小小姐还没发话，这时一声“我去吧”，想不到竟是伊达小姐说的。大概惯常沉默寡言的人，一说起话来便会脸红。她当即给我带路，我惊讶地跟在后面。留下来的几位小姐围着梅尔海姆，闹着要他“晚饭前，讲个有趣的故事”。

这座方尖塔朝园子的一面，有个坑洼不平的楼梯，直通塔顶平台。上下楼梯，或站在塔顶上，下面都能看得很清楚。所以，伊达小姐行若无事，自告奋勇来带路，实在也不奇怪。她几乎小跑似的到了尖塔入口处，回头看着我，我急忙赶上去，先上了石阶。她迟一步跟上来，呼吸急促，气憋得难受，所以歇了几次才上到塔尖。想不到上面很开阔，四周围着低矮的铁栏杆，中间置放一块打磨过的大石。

我站在塔尖上，远离地面。昨天，在拉格维茨小山上，初次远远地见到伊达小姐，我的心就出奇地为她吸引，既非猎奇，亦非好色。而此刻，竟得以同这位夜思日想的少女单独相对。从这里望去，萨克森平原的风景不论多美，怎能同这位少女相比！在她心里，想必既有茂密的森林，也有深不可测的渊薮！

上了又陡又高的石梯，脸上的红潮仍未消退，沐浴着令人炫目的夕阳，伊达小姐坐在塔尖中央的大石上，好让心头平静下来。那双会说话的眼睛，蓦地凝视我的面孔，平素并不显得漂亮的她，这时，比日前演奏那首幻想曲时，更加俏丽。不知何故，令人觉得像一尊精工雕刻的石像。

小姐急忙说道："我知道您的心地，所以才求您帮忙。这么说，您会奇怪，我们昨天刚认识，没说过一句话，怎么会了解呢？不过，我一点也不怀疑。演习结束，您要回德累斯顿，王宫里会传令召见，国务大臣在官邸也会设宴招待。"说到这里，她从衣服里取出一封封好的信交给我，恳求道，"别让人知道，请转交大臣夫人，千万别让人知道。"

听说大臣夫人是小姐的姑母，她姐姐也嫁给了大臣的公子。不找同胞帮忙，反而求一个初次见面的外人，再说，此事如果真要瞒城堡的人，也可以偷偷邮寄。一方面如此谨慎，另一方面又那么反常，不能不让人觉得，她是不是神经有点毛病。然而，这仅是我一刹那的想法。小姐那双眼睛，不但会说话，而且善解人意。她辩解地说道：“法布利斯伯爵夫人是我姑母，您大概听说了。我姐姐尽管也在那儿，但我不愿让姐姐知道，所以才求助于您。倘若只是提防家里人，邮寄当然也行，可是即便有邮局，我也难得独自一人出门，想寄也办不到，还要请您体谅。”知道她确有缘故，我便爽快答应下来。

落日在城堡门附近的林中灿烂四射，如虹一般。河上升起了雾霭。暮色苍茫时分，我们走下尖塔，几位小姐听完梅尔海姆的故事，正在等我们，于是一起走进灯火辉煌的餐厅。今夜，伊达小姐变得与昨晚不同，快活地招待客人，梅尔海姆也似乎面带喜色。

翌日拂晓，我们便离开城堡，前往穆森。

秋季演习在这里进行了五天便告结束。我们联队回到德累斯顿，我本想立即前去泽街大臣的公馆拜访，践履我答应封·毕洛夫伯爵女儿伊达小姐的嘱托。但是，按照当地习惯，不到冬天社交季节，那些贵族轻易见不到。现役军官通常去拜访，只是请进大门旁的一间屋里，签一个名而已。所以，我虽想去，也只好作罢。

那一年，军务繁忙，不知不觉到了年底。艾伯河的上游开始出现冰冻，冰块仿佛莲叶一般漂浮在绿色的波涛上。王宫里的新年庆典，豪华盛大。众人脚下踩着溜滑锃亮的打蜡地板，走上前去拜贺国王。国王穿着礼服，鹰扬威武地站在那里。又过了两三天，应邀赴国务大臣封·法布利斯伯爵举行的晚宴，同奥地利、巴伐利亚、加拿大的公使打过招呼，趁宾客用冰激凌之际，我走到伯爵夫人身旁，简短地说了说事情的始末，把伊达小姐的信顺利地交到夫人手里。

到了一月中，我随一批得到晋升的军官，获准入宫谒见王后。我身着礼服进了王宫，与众人一起在厅里站成一圈，等候王后驾到。在恭谨弓腰、步履蹒跚的典礼官引导下，王后款步走来，让典礼官报上名字，对每人说上一两句话，然后伸出摘下手套的右手让人吻退。王后一头黑发，身材不高，穿了一件褐色的衣衫，相貌并不漂亮，但声音十分优雅。“府上在法兰西一役立下战功，不愧为名门之后。”诸如此类恳切的话，谁听了都会觉得高兴。随从中一位女官走到内厅门口，右手拿着折扇，笔直地站在那里，姿态极其高雅，门框和廊柱宛若一幅画框，她就成了画中人。我不经意地看了看女官的面庞，那女官赫然就是伊达小姐。她已到了这个地方，让人惊叹不已。

京城的中心，艾伯河上横架一座铁桥，从桥上望去，王宫的一排窗子占据了整条施洛斯小巷，在今夜显得格外璀璨明亮。我也忝列其中，应邀赴当晚的舞会。奥古斯特大街上车水马龙，我徒步在中间穿行。大门口停着一辆马车，走下一位贵夫人，将皮围领交给侍从放回车厢里。金黄色的头发高拢上去，露出的脖颈白得晃眼，佩剑的王宫侍卫打开车门，贵夫人目不斜视径直走进王宫。那辆车尚未开走，后面一辆还等着没过来，趁这工夫我从戴着熊毛盔、拄着枪、站在门两侧的近卫兵面前走过，踏上铺着一溜红地毯的大理石楼梯。楼梯两侧，处处站着穿制服的侍从，制服是黄呢镶绿白边的上衣和深紫色的裤子。他们昂首直立，眼睛一眨也不眨。按旧规，这些人应当手持蜡烛。现在，走廊和楼梯上都点有煤气灯，老规矩就废除了。楼上的大厅古风依旧，吊烛台上点着黄蜡，光芒四射，照着无数的勋章、肩章和女宾的首饰，反映到夹在历代先祖画像之间的大镜子上，那景象真是非语言所能形容。

典礼官拄着的饰有金穗子的铜杖，终于在拼花地板上咚咚敲响了。天鹅绒包着的门扉，倏然无声地打开。大厅的中间，自动让出一条甬道。听说今夜来宾有六百之众，这时，一齐屈身相迎。国王一族从女宾裸着半截后背的颈项间，军人镶着金丝花边的衣领间，以及金色的云鬓高髻间走了过去。率先走在前面的，是戴着旧式大发套的两位侍从，紧接着是国王与王后陛下，再其后是萨克森-梅宁根世子夫妇、魏玛和勋伯格两位亲王，以及数名重要的女官。外边盛传萨克森宫的女官奇丑无比，此话不假。她们不仅个个其貌不扬，而且大都韶华已逝，有的甚至老得皱纹满面，胸脯上的肋骨一一可数，值此盛典，无论如何也不能避而不出。隔着人头，看着她们一行人走过，心里盼望的那人却不见踪影。这时，有位年轻的宫女以男子般的气度缓步走来，心想不知是不是她，抬头一看，正是我的伊达小姐。

国王一族走上大厅尽头的台上，各国公使及夫人围上前去。早已伫候在二层廊上的军乐队，一声鼓响，奏起《波罗乃兹舞曲》。这个舞只是每人的右手拎起女伴的手指，在厅里旋转一周而已。领头的是一身军装的国王，引领一袭红裙的梅宁根夫人，其次是穿黄绸长裙的王后和梅宁根世子。场上只有五十对，转完一圈后，王后靠在有王冠徽记的椅子上，让各公使夫人围坐身旁，国王便坐到对面的牌桌厅里。

这时，真正的舞会才开始。众宾客在狭窄的空间巧妙地翩翩起舞，看上去多是年轻军官，以宫女为舞伴。我曾纳闷，何以梅尔海姆没来？现在才明白，不是近卫军官，一般不在邀请之列。那么伊达小姐的舞姿又如何呢？我仿佛欣赏舞台上自己偏爱的演员一样，目不转睛地望着她：天蓝色的长裙上，只在胸前别了一朵带着枝叶的玫瑰花，除此别无装饰。穿梭回旋在拥挤的舞池里，她的裙裾始终转成圆圈，毫不打皱，令其他珠光宝气的贵夫人相形见绌。

时光流逝，黄蜡的火苗因烟气而渐渐暗淡，流下长长的蜡泪。地板上有断掉的轻纱，凋落的花瓣。前厅里设有冷餐，前去的脚步渐渐多起来。这时有人从我面前经过，稍稍侧着头，回过脸来看我，半开的鹅毛扇子遮着下颌："难道已经把我忘了吗？"说话的是伊达小姐。"怎么会呢。"我一面回答，一面三步两步跟了上去。"您瞧，那边有间瓷器室，陈设的东洋花瓶上，画的不知是什么草木鸟兽，除了您，没人能给我解释。来吧。"说完我们便一起走了过去。

这里四壁安着白石架子，摆着历代喜爱美术的君王从各国搜集来的大小花瓶，多得数不胜数。有乳白色的，有蓝得像蓝宝石的，有像蜀锦一般锦色斑斓的，在后墙的衬托下，真是美轮美奂。然而，常来王宫的宾客，今夜却谁都无心驻足观赏；去前厅的人，也只是偶尔瞥上一眼，没人肯停下脚步。

长椅子上，浅红底子的坐垫上织出深红的草花图案。嫣红的坐垫，衬着小姐天蓝色的长裙，宽大的裙褶精致高雅，一阵旋舞之后，竟一点没走样。她一侧身坐在长椅上，斜着身子用扇尖点着中间架子上的花瓶，对我说道：

“岁月匆匆，倏忽便成了旧年往事。想不到会求您递信，却始终没机会道谢。我的事，不知您会作何想法。但是，您把我从苦恼中解救了出来，我心里一刻都没忘。

“最近，让人买了一两本有关日本风俗的书来看。据说在贵国，婚姻父母做主，夫妇间，没有真正爱情的很多。这是欧洲的旅行者以轻蔑的笔调记述的。我仔细想了想，这种事情，难道欧洲就没有吗？订婚前经过长期交往，彼此相知，就在于对婚事能自由地表示自己的意愿。而贵族子弟，早就由长辈定了终身，哪怕彼此性情不合，也不能说个‘不’字。天天相见，心里虽然厌恶，照例还得结为夫妇。这世道简直不可理喻。

“梅尔海姆是您的朋友，说他不好，您一定会替他叫屈。其实，我也知道他心地正直，相貌也不坏。但是相处几年，我实在心如死灰，无法激起我的热情。我越厌烦，对方反倒越亲切。父母允许我们交往，表面上有时我挽着他胳膊，一旦剩下两个人的时候，无论在屋里还是在园子里，我都无法排遣心中的郁闷，不知不觉会深深叹口气。尽管如此，也要一直忍到脑袋发昏，让人受不了。请您别问为什么。有谁能知道呢？有人说，爱是因为爱才爱，厌恶也同样如此。

“有时见父亲心情好，刚想说说我的苦恼，可是一看出这情形，我说到一半，他就不让我说下去了。‘这世上，生为贵族，就休想任性而为，像那些下等人一样。为维护贵族的血统，必须牺牲个人的权利。千万别以为我老了，把人情都忘了。你看，对面墙上，你祖母的那幅画像！她的心，就跟她的相貌一样严厉。她对我说：‘你不能有半点轻浮的念头，虽然要失去些许生活的乐趣，却拯救了家族的荣誉，几百年来，咱们家族没掺杂一滴卑贱的血。’父亲说得很温和，一反往常军人那种生硬的语气。我一直在琢磨，怎样对父亲说，如何回答他，现在这一切只好藏在心里，毫无办法可想。只是我的心越来越脆弱。

“母亲一向对父亲百依百顺，即使把心事告诉母亲，又有何用？然而，我虽生为贵族之女，但我也是人。尽管我看透了可恶的门阀、血统，无非是迷信、粪土一样，可我心里无处能容得下这种想法。为这恼人的恋爱，如果是幽怨得身心憔悴，那是名门小姐之耻。要想冲破这习惯势力，有谁会支持我呢？虽说在天主教国家，可以出家当修女，但萨克森这儿是新教，想那么做也办不到。是的，宫里这地方，知礼而不知情，等于是罗马教廷；唯有进宫，才是我此生的归宿。

“在这个国家，我们家门第显赫，现在又同有权有势的国务大臣法布利斯伯爵亲上加亲。我也想过，这事要是当面去求，也许很容易，难办的是我父亲不容易说动。不仅如此，以我的性格而言，喜怒哀乐不肯俯仰随人，不愿意别人长久以非爱即恨的眼光来看待我。倘若我把这个心愿告诉父亲，他就会喋喋不休地说服我，软劝硬说，让人心烦，我受不了。何况梅尔海姆这人思想浅薄，以为我伊达嫌弃他，要躲开他，就是因他才这样做，那我太遗憾了。我打算神不知鬼不觉就进宫来当宫女，正苦于想不出办法，这时您到我家来小住。我知道，您看我们，就像看路旁的石头树木一样，而心里却是一片至诚。法布利斯伯爵夫人一向疼我，所以我才偷偷求您给她捎封信去。

“不过，这件事只有法布利斯夫人一人知道，家里人谁都没告诉。只说宫里缺人，把我叫去暂时尽尽义务；又说陛下难得提什么要求，于是一留就留了下来。

“像梅尔海姆这样的人，在世上只会随波逐流而不知独立进取，他会把我忘了，绝不会为此而愁白了头。唯一让人痛心的是，您在我家留宿的那晚，搅得我的那个牧童伤心不已。听说我走后，他天天晚上把船缆系在我窗下，睡在船上。一天早晨，有人发现羊圈的门没开，大家跑到岸边一看，河水拍打着空船，只在干草上留下一支木笛。”

说完，午夜的时钟当当响了起来。舞会已经结束，王后该休息了，伊达小姐赶紧起身，伸出右手，让我吻了一下，这时，众宾客前往角落上的观景厅吃夜宵，人一群群从门前走过。小姐的身影夹杂其间，渐渐远去。隔着人群，从肩头的空隙处偶尔尚能看到她的身影，唯有今天她那身漂亮的天蓝色衣裙，令人怅然难忘。

杯子

さかずき

沿着温泉旅馆，往鼓浪瀑布去的路上，清冽的泉水汩汩不绝。

水在泉口喷涌而出，成一水柱，余下的四散流溅。

碧绿爽目的青苔，覆盖在泉口。

这是夏日的清晨。

泉水四周，树木环绕。枝头上的雾霭，尚未散尽，正在飘零开来。山涧溪水淙淙，好似万斛珠玉奔溅滚落。溪边山路上，从温泉旅馆方向，走来几个人。

一阵欢快的说笑声愈来愈近。

那声音像一群小鸟在啁啾。

准是一群孩子，而且是女孩子。

“快来呀！你总是落在后面，快点吧。”

“等等我，石子儿淌来滑去的，多难走呀！”

先后到达的姑娘，一色用大红的宽丝带扎起刚洗过的头发，看上去好似一群蝴蝶翩翩飞舞。

就连身上的和服也都呈偏蓝色调，袖子上下翻飞。脚上穿的也全一样，都是红绊草屐。

“我第一！”

“哟，真狡猾！”

大家争先恐后地聚到泉边，一共七个人。

年纪看上去都在十一二岁。若说是姐妹，年龄未免太相近了，个个都很美，娇憨艳丽。该是朋友吧？

将这七颗珊瑚珠穿在一起的，是什么样的线呢？把她们带到温泉旅馆的，又是谁呢？

晨曦自飘浮的白云间露出，穿过树梢，宛若一道道光柱，洒在泉边。通红的发带，仿佛燃起的火。

一个姑娘把含在嘴里的红酸浆果吹得圆鼓鼓的，然后吐出来，扔进泉水中央。

扔在汩汩涌出的水柱上。

浆果在水中打了两三个旋，便流出泉口，漂落下去。

“哎哟，一下子就漂下去啦！我还以为会怎么样呢，正等着瞧呢！”

“当然要漂下去啦！”

“事先你就知道会漂下去的，不是吗？”

“知道呀。”

“净骗人！”

佯作打人的样子，蓝色和服的袖口翻动起来。

“快喝水吧。”

“是呀，本来就是来喝水的。”

“都忘了。”

“可不是。”

“呀，真讨厌！”

一双双小手伸进怀里，掏出杯子。

七束青白的光从手中溢出。

一色的银杯，大大的白银杯子。

阳光普照，七只杯子越发耀眼，宛若七条银蛇，绕着泉水飞腾。

银杯子凑在一起，只只都刻着两字。

是“自然”二字。

以奇妙的字体书写而成。这样写，以何为据呢？抑或是一种独创？

大家依次舀起泉水来喝。

抿着红红的嘴唇，鼓起粉红的脸蛋儿喝着。

树林里，此起彼伏，传来长长的鸣叫声。那是知了在初试歌喉。

倘若白云散去，艳阳高照，也许会变成青山摇动之声吧。

此时，一个女孩沿着山道而来，站在七个姑娘的身后。

是第八个姑娘。

个子稍高于这七个姑娘，有十四五岁的光景。

金黄的头发，系着黑色缎带。

琥珀色的脸上，那双矢车菊一样的蓝眼睛，在审视着。以永恒的惊愕，审视着大自然。

只有嘴唇，隐约透出红色。

穿着一身镶着黑边的灰西服。

是生在东方的西方人还是混血儿？

第八个姑娘从衣袋里掏出杯子。

一只很小的杯子。

是哪儿的瓷器呢？那颜色如同火山口流出的岩浆冷却后的色调。

七个姑娘已喝完水。杯子浸入水里，泛起一圈圈涟漪，渐次消逝。

泉水面，因搅动而荡漾，随即平复，了无痕迹。

第八个姑娘从蓝色和服的袖子间，挤进了泉水旁。

七个姑娘这时才意识到这是和平的破坏者。

之后，看到那双琥珀色的手，持着一只黑黢黢的小杯子。

真出人意料。

七张浓艳的红唇张开着，却未说话。

知了唧唧叫着。

良久，只有蝉鸣。

一个姑娘好不容易才开口问道：

“你也喝？”

怀疑中略带嗔怪。

第八个姑娘默然点点头。

另一女孩说道：

“你的杯子好怪。让我瞧瞧。”

诧异的声音中透着侮慢的意味。

第八个姑娘默默地递出那只熔岩状的杯子。

小杯子离开了那只琥珀色的、满是筋骨的手，传向一双双粉嫩圆润的手上。

“哎呀，这颜色太暗啦。”

“这也算瓷器吗？”

“会不会是石头呀？”

“倒像是从火葬场灰堆里扒出来的。”

“从墓穴里挖出来的吧？”

“坟里挖出来，那倒好了。”

从七个喉咙里发出银铃般的笑声。

第八个姑娘两臂自然下垂，矢车菊样的眼睛只是凝神天外。

一个姑娘又这样说道：

“这也忒小啦。”

另一个说：

“可不是，这种杯子哪能喝水？”

另一人讲：

“把我的借你用用吧。”

那声音满含同情。

于是，那个镌刻着“自然”两字的银光闪烁的大杯子，递到了第八个姑娘面前。

直到此时，第八个姑娘才张开一直紧闭的双唇。

“MON VERRE N'EST PAS GRAND, MAIS JE BOIS DANS MONVERRN.”

语气低沉却坚定地说。

“我的杯子虽不大，但我用自己的杯子喝。”

七个姑娘眨着可爱的黑眼睛，面面相觑。

语言不通。

第八个姑娘两臂自然下垂。

语言不通也不要紧。

第八个姑娘的态度，已表达了她的意思，绝不会有丝毫误解之处。

那个姑娘收回了递过去的杯子。

收回了那刻着“自然”二字、银光熠熠的大杯子。

这时，一个女孩把黑黢黢的杯子还了回来。

还回来的那只小杯子，黑黢黢的，宛若火山熔岩冷却后的色调。

第八个姑娘慢慢吮啜几滴泉水，润了润淡淡的红唇。

はなこ

花子

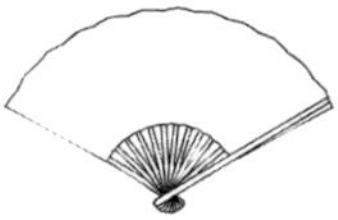

Auguste Rodin（奥古斯特·罗丹）走出了工作室。

清晨的阳光，洒满大厅。这座庇隆公馆原是某富豪所造，建筑非常奢华，直到不久前，一直辟为圣心派女修道院。大概修女们曾在圣日耳曼贵族区大厅里教少女唱过赞美诗吧。

少女们排成一列，张开桃红的小嘴，放声歌唱，看上去好似雀巢内的雏鸟等待母雀来喂食。

那喧闹的歌声，如今已听不到了。

但能领略到另一种喧嚣，可以感受到另一种生活。这是无声的，虽然静默，却是强烈、凝练、震颤的另样生活。

几个转台上，堆了若干块矾土。而另一个转台上，则摆了一些大理石坯料。如同阳光下各种植物竞相开放一样，几件作品同时着手，随着情绪的变化，交替进行，这是他的习惯。作品经他之手，或先或后，自然而成。他对造型有惊人的记性。即使不动手，作品也好似在成长。他又有惊人的意志，能够集中精力。无论什么作品，着手的那一刻，就如同已进行了多时。

罗丹神情爽朗，环顾这许多半成品。他前额宽阔，鼻梁高挺，络腮胡子多已花白。

咚咚的敲门声。

“Entrez（请进）！”

回荡在大厅的声音，底气十足，不像是老人。

门开之际，进来一个三十来岁的男子，人瘦瘦的，一头褐色的头发又浓又密，像个犹太教徒。

“按照约定，我把Mademoiselle Hanako（花子小姐）带来了。”他说。

无论看着来人或是听他说话，罗丹的表情丝毫没有变化。不记得何时，柬埔寨酋长住在巴黎时，罗丹看到他带来的舞女，修长的手足，优雅的举止，别有一种迷人的意趣。当时急急草就的速写，还保存至今。这样看来，无论什么人种，都有其优美之处。罗丹相信，这取决于发现者有无审美的眼光。前些日子，听说一个名叫花子的日本女孩，出现在多艺剧场，想让人带来见见，便托人打听，终于找到了买下花子并把她捧红的男人。

眼下，来的正是戏班的人，是班主。

“让她进来吧。”罗丹说，连座位也不让，仿佛连这点时间也舍不得似的。

“还来了一个翻译。”班主讨好地说。

“谁？法国人吗？”

“不，是日本人，是在巴斯德学院实习的学生。他听花子说，先生要花子来，就自告奋勇来当翻译。”

“好吧，让他们一起进来。”

戏班班主领命退出。

立刻进来一男一女两个日本人。两人站在一旁，显得那么矮小。戏班班主随后进来，关上了门，他个子也并不高大，而两个日本人仅及他的耳际。

罗丹的眼睛在专注凝视时，眼角会浮出深深的皱纹。此时，皱纹显露。视线从学生身上转向花子，停留了片刻。

学生开始寒暄，罗丹伸出右手。学生握住那只肌肉隆起的手，握住那创造《达娜依德》《吻》《思想者》的手，然后从名片夹里，取出一张写着医学士久保田某某的名片递了上去。

罗丹看了一眼名片，说：“在巴斯德学院实习？”

“是的。”

“多久了？”

“快三个月了。”

“Avez-vous bien travaillé?（很用功吗？）”

学生愣了一下。他曾听人说过，这是罗丹的口头语，现在这句简单的话竟问到了自己。

“Oui, beaucoup monsieur!（是的，先生，很用功！）”回答的同时，一种向神明发誓一般的心情油然而生，今生要痛下苦功。

久保田介绍花子。罗丹看着花子小巧结实的身姿，从随便绾着的高岛田发髻的顶端，看到穿白布袜套、着千代田草屐的脚尖，那目光好像一眼就能看透一切似的，他握住她那又小又结实的手。

久保田的心里，不禁有种羞辱感。给罗丹介绍日本姑娘，至少也该找个更像样的。

也难怪他这么想。花子并不是什么美人，说是日本的女演员，不知什么时候，突然出现在欧洲的这个大都会。日本究竟有没有这样的女演员，日本人里没人知道，久保田自然也不知道，何况她又不是美人。说是厨娘吧，实在委屈了她，看她的样子也不像做过什么粗活，手脚并不那么粗。才十七岁的妙龄少女，瞧她浑身的气派，即便当身边的使女，也让人难以相信。总之，顶多给人看过孩子罢了。

出乎意料的是，罗丹面露满意之色。花子健康，并未沉湎于逸乐，细细的皮肤下，没有多余的脂肪，因适度劳作而发育很好的肌肉，富有弹性。前额和两腮绷紧，短短的脸盘，裸露的脖颈，没戴手套的手和腕部，洋溢着勃勃生机，这一切都让罗丹满意。

花子大概已适应欧洲的生活，脸上带着讨人喜欢的笑容，握住罗丹伸出的手。

罗丹给两人让座，对戏班班主说："请在接待室稍等一下。"

戏班班主出去后，两人坐了下来。

罗丹打开久保田面前的烟盒，边拿烟边问花子："小姐的故乡，依山傍水吗？"

像花子这样闯荡世界的女孩，别人常会问起她的身世，而她的回答，总是千篇一律的套话。就像左拉写的一个小女孩，在火车里讲Lourides（鲁尔德）岩洞的水十分灵验，她在那儿治好了脚伤。

因为每次重复同一件事，熟能生巧，如同一个熟练的作家写文章一样。幸好罗丹出其不意的问话，打破了她的老一套。

“离山比较远，但一旁就是大海。”

这回答罗丹听了很中意。

“经常坐船吗？”

“经常坐。”

“自己会撑船吗？”

“那时还太小，自己没撑过，是父亲撑的船。”

罗丹的脑海中，浮现出一个画面。接着，默然良久。他是个爱沉思的人。

冷不防，罗丹向久保田说：“小姐知道我是从事什么的吧？她肯脱去衣服吗？”

久保田想了一下。要是别人，向自己女同胞转达脱衣之事，他自然不干。而罗丹就另当别论了，这无须多想。他所考虑的是，花子会怎么说呢？

“先说说看吧。”

“请。”

久保田向花子说了这样一番话：“先生有件事与你商量。我想你也知道，先生是举世无双的雕刻大师，专事人体雕刻的。现有一事相商，不知你能否脱下衣服给大师观摩一下？你也看到，先生已一把年纪，眼看就望七了。而且正如你所见，完全是正派人。如何？”

说的时候，久保田一直注视着花子的脸色。心想：她是害羞呢，还是忸怩作态，要么是抱怨？

“好吧。”花子坦率而爽快地回答。

“她同意。”久保田告诉罗丹。

罗丹面露喜色。从椅子上站起来，拿出纸和粉笔，放在桌上，问久保田：“你在这儿等吗？”

“我工作中也会碰到同样的难题，但留下来会让小姐感到不便。”

“是吗？十五、二十分钟就能结束。请到那边书房等吧，可以点支烟。”罗丹指了指那边一扇门。

“他说十五、二十分钟就能画完。”久保田向花子打完招呼，点上香烟，消失在那扇门内。

久保田进的这间小房间，两侧相对各有一门，窗户只有一扇。窗前摆了一张毫无装饰的桌子。对着窗的墙和两侧，都立着书架。

久保田站了一会儿，看着书脊上的字。那些书看上去不像是特意收集的，而是碰巧放在一起的收藏品。罗丹天生喜欢书，少年时虽然很穷，但据说在Bruxelles（布鲁塞尔）的街头流浪时，也手不离书。那些又旧又脏的书里，有的一定蕴含着许多值得纪念的东西，所以才千里迢迢特意带到这儿来。

烟灰快要掉下来了，久保田走近桌旁，弹进烟灰缸里。

桌上搁着一本书，他想看看是什么，便拿起来翻了翻。

一本镶金边的旧书靠窗放着，以为是《圣经》，打开一看，是《神曲》的袖珍本。拿起身前斜放的一本来看，是波德莱尔全集中的一册。

他并没想读，可翻开头一页，有一篇论文《论玩具的形而上意义》，想看看写了些什么，不料竟读了下去。

波德莱尔小时候，给带到一位什么小姐家。那家小姐有一屋子的玩具，说是可以送他一件，让他随意挑。文章便是为纪念这事而写的。

孩子玩玩具，过些时候，准想把玩具拆开来看看，以为那玩意儿里面会有别的玩意儿。要是会动的玩具，便想找寻发动的本源。比起“经验”来，孩子们更倾向“超验”。比起物理学来，他们更倾向形而上学。

文章只有四五页，写得引人入胜，他一口气便读完了。

这时，传来咚咚的敲门声，门开了，露出罗丹满是白发的头。

“很抱歉，等得无聊了吧？”

“哪儿的话，正在看波德莱尔的文章。”说着，久保田来到工作室。

花子也刚好在收拾。

桌上有两张esquises（速写）。

“看了波德莱尔的哪篇文章？”

“《关于玩具的形而上意义》。”

“人体也一样，仅仅当作形体来看，并无意义。形体是灵魂的镜子。透过形体能看到内在的火焰，那才有意义。”

久保田拘谨地看了一眼速写，罗丹说道：

“是草图，未必能看懂。”

隔了一会儿，又道：“小姐的身体美极了，没有一点脂肪，每一条肌肉都清晰可见，就像狐犬身上的肌肉一样。肌腱又粗又结实，所以，关节的大小，同手脚的大小是一致的。甚至能一条腿一直站立，而另一条腿抬起伸平，两腿呈直角形，非常稳固，恰像根须深植大地的树木。她不属于肩阔腰圆的地中海类型，也不同于腰肥肩窄的北欧型，却具一种强劲之美！”

がん

雁

一

这是很久以前的事了，我碰巧记得发生在明治十三年[1]。之所以清清楚楚记得那年头，是因为我当时住在东京大学铁门的对面，一个叫上条的小公寓里，和故事的主人公恰好比邻而居，仅一墙之隔。这家上条公寓在明治十四年着火烧掉了，使我没了住处。故事就发生在火灾的上一年，所以还记得。

住在上条公寓里的，大抵是医大的学生，再就是到大学附属医院看病的病人。一般来说，各家公寓都有几个特别吃得开的房客。这些客人，首先要手头阔绰，处事乖巧，见到老板娘坐

1　1880年。

在火盆旁，从廊子经过时，必定打声招呼，时不时地还会蹲在火盆前聊上几句。倘若在房间里饮酒作乐，叫厨房给准备酒菜，请老板娘帮忙照顾，看似为所欲为，其实，账房那里大得实惠。总之，大凡这类房客最受尊敬，他们也常借此摆摆架子要要威风。然而，属于上条这儿吃得开的房客，我隔壁的那个男生，却与众不同。

他姓冈田，也是学生，比我低一级，总归快要毕业了。要说冈田是怎样的人，就得从眼前最显眼的特点说起。那就是，他是个美男子。但绝不是那种脸色苍白的文弱书生，而是气色极好，体格矫健的那一类。长得像他那样的人，我还从来没见过。勉强要说嘛，不论当时还是后来，我始终认为，冈田与年轻时的川上眉山，有些神似。就是那位因为创作陷入绝境，结局悲惨的作家川上。冈田，和川上年轻时的模样很像。不过，冈田当时是赛艇选手，体魄远远强过川上。

论长相，足可夸口于人。但是，单凭长相就想在公寓里吃得开，那还远远不够。至于品行如何，我想，当时很少有人能像冈田那样，过着规规矩矩的学生生活。他不是那种为奖学金而拼命用功，每逢学期考试便强争分数的学生。该做的事，他都认真去做，在班级里，属于中上。玩的时候，绝对去玩。晚饭后，必定散步，十点前，准会回来。星期天，不是划船，就去郊游。除了比赛之前跟队友住在向岛，或是暑假回老家外，我这位邻居在不在房里，时间绝不会差。如果有人中午忘了听号声对表，那就去冈田屋里问他。就连上条账房里的时钟，也常和冈田的怀表对。

天长日久，看到冈田的立身行事，周围的人越来越觉得此人可靠。上条的老板娘开始夸冈田不巴结人，不乱花钱，也是出于这种信任。他房钱月月清，这是最有力的事实，无须多说。

“瞧瞧人家冈田先生！”这话常挂在老板娘的嘴上。

“像冈田君，我可办不到。”原先搬走的学生有这么说的。一来二去，不知不觉地，冈田便成了上条房客的楷模了。

冈田天天散步，大多有一定的路线。走下寂静的无缘坂，绕过蓝染川的黑水流入的不忍池北侧，在上野山溜达一会儿。然后，穿过“松源”和“雁锅”等酒楼所在的广小路，以及狭窄而热闹的仲町，走进汤岛神社，拐过阴暗的臭橘寺，最后返回公寓。或者从仲町向右拐，从无缘坂回来，这是又一条路线。有时，穿过大学，出西侧的红门。因为铁门老早就上锁，所以，要先进患者出入的长屋门，再穿过校园。后来，长屋门拆了，便是现在春木町尽头新开的黑门。出了红门，是本乡大街。经过黄米年糕铺，进入神田神社，下到当时颇为新颖的眼镜桥，在柳原一带的片侧町逛一会儿。然后回到御成道，随便从西面哪条狭窄的小胡同穿出来，依旧回到臭橘寺，这又是一条路线。除此而外，很少走别的路。

散步途中，冈田有些什么活动呢？无非不时进旧书店转转。在上野广小路和仲町之间，当时的旧书店颇多，如今只剩下两三家了。御成道上当时也有旧书店，而在柳原却一家都没有。本乡大街上的，几乎家家都挪了地段换了店主。冈田出了红门，极少朝右拐，固然因为森川町街面狭窄，地方局促，但当时，西面连一家旧书店都没有，也是原因之一。

冈田逛旧书店，用现在的话来说，是他有文学趣味。不过那时，新小说和戏剧还没出现，抒情诗也只有子规[1]的俳句和铁干[2]的和歌产生之前的格局。谁都可以读到，无非是用又粗又黄的纸印的《花月新志》，或者是白纸印的《桂林一枝》一类的杂志。槐南、梦香写的香艳体诗歌最是流行。我当时也爱看《花月新志》，所以还记得。有一篇西方翻译小说，就是这本杂志首先发表的，故事写一个洋人大学生，回老家的路上遭人谋害。记得译者是神田孝平，用的是白话文。这是我头一回看西方小说。因为在那样的时代，冈田的所谓文学趣味，不过是汉学家把一些新事儿写成诗文，他读来饶有兴趣罢了。

我生来不善于交际，在校园里，哪怕是熟人，没事儿也不搭讪。至于住在同个公寓的学生，也很少脱帽致意的。和冈田能熟识起来，是旧书店搭的桥。我不像冈田，散步的路线没有定准，健步如飞，从本乡一直走到下谷、神田，只要有旧书店，就停下来进去看看。那时常会在店里遇见冈田。“倒是旧书店里常碰头哩。”也不知是谁先开的口，总之我们开始亲切地攀谈起来。

那时，下了神田神社前面的坡，拐角有个店，吊钩吊着的木板上晒了很多旧书。在那儿，我发现一部汉文《金瓶梅》，一问价

1　正冈子规（1867—1902），日本近代诗人，以写俳句、和歌为主。主编俳句杂志《杜鹃》，主张俳句革新，倡导写生文。

2　与谢野铁干（1873—1935），日本歌人、诗人，成立新诗社，创办机关刊物《明星》，成为浪漫主义文学的中心，对现代短歌的形成起到推动作用。

钱，店主要七元，便还价五元。“方才冈田先生出六元，我都没答应。”凑巧，我手头正宽裕，就照价买了下来。过了两天，遇见冈田，他说道：

“太不够朋友啦，我好不容易发现一部《金瓶梅》，叫你给买走了。”

“可不是嘛，店主还说来着，你还了价，他不肯让。你想要，就让给你吧。”

“哪儿的话，住在隔壁，等你看完了借我看看就行了。”

我欣然答应。就这样，同冈田虽然一墙之隔，住了很久却老死不相往来，现在终于有点来往了。

二

那时，无缘坂的南面，有一座宅邸，主人姓岩崎。哪像现在，有道高高的墙围着，当时不过是一堵脏兮兮的石头墙而已，石上长着苔藓，从缝里拱出凤尾草和笔头菜。挨着石墙的上方，是平地还是小土坡，我没进过岩崎家的院子，到现在也不清楚。反正石墙的上面，杂树疯长，路上能看见树根，根旁的野草难得除掉。

北面，是一排破败的房子，体面点的，便是围着木板墙的小店铺，或是手艺人住处。店铺无非是山货铺或香烟店。其中，最吸引来往行人的，是教授缝纫的女裁缝家。白天，纸格窗内，一群姑娘凑在一起做活。逢天气好，窗敞着的话，看见我们学生走过，那些叽叽喳喳说得正在兴头上的姑娘，一个个会抬起头，朝路上瞧上一眼，然后又继续说笑。隔壁一家，格子窗擦得一尘不染，房门口的三合土台阶上铺着花岗岩，傍晚经过，常常见到已洒上了水。冷天，纸窗关闭；热天，遮着竹帘。因为裁缝家热热闹闹的，这户人家便显得格外冷清。

这故事发生的那年九月，冈田从老家回来不久，晚饭后照例出去散步，走过一座古建筑，是从前加贺藩主前田家的大殿，解剖室临时设在那里，溜达着刚要走下无缘坂，碰巧有缘，看见一个洗澡回来的女人，正要进裁缝家隔壁那座冷清的房子。已经入秋，没人出来乘凉，坡上一时无人。冈田经过时，女人刚回到寂静的格子门前，正要开门，听见冈田的木屐声，蓦地停住手回过头来，恰好和冈田打了一个照面。

一身蓝绉绸的单衣，系着一条夹腰带，是黑贡缎和博多产的花布缝制的；纤纤的左手，随便提着编工细致的竹篮，里面放着手巾、肥皂盒，还有搓身用的米糠袋和海绵等；右手搭在门格子上，正扭过头来。这女人的身影并没给冈田留下很深的印象。不过他注意到，新梳好的银杏发髻，两鬓薄得像蝉翼似的；一张瓜子脸上，高高的鼻梁，略带寂寞的神情，从前额到两颊，说不出是哪儿，显得有点平板。冈田不过看了这么一眼，等他走下无缘坂，早把这女人忘得一干二净了。

可是，过了两天，冈田又朝无缘坂走去，快走到格子门那家人家时，前两天遇见的那个洗澡回来的女人，突然从记忆深处兜上心头，便朝她家瞄了过去。窗台上竖着一根竹竿，横着架了两层削得细细的木棍，上面缠着蔓草。纸拉窗拉开一尺来宽的缝，露出一盆万年青，盆里扣着鸡蛋壳。因为分心去看，放慢了脚步，等走到门前的工夫，就富余出几秒的时间来。

就在他走到门前时，万年青的花盆上面，深锁在灰暗中的背景上，蓦地浮现出一张白净的面庞，含笑望着冈田。

从那以后，冈田散步时，每次经过这里，几乎没有一次不看到这个女人。这女人的脸蛋也时时闯入他的脑海，最后竟如同己物，可呼之即出。她是在等我走过吗？还是无意瞧外面，偶然和我碰面的呢？冈田曾这么疑惑过。那么，从见到她洗澡回来那天再往前想，她有没有从窗口露过面呢？可是印象中，在无缘坂一侧的住宅当中，最热闹的裁缝家隔壁，总是打扫得干干净净、冷冷清清的，除此之外，不记得别的什么。冈田心里确实曾思量过：究竟是什么人住在里面？当然不会有答案。反正纸窗一向不是关着，就是挡着竹帘，屋里静悄悄的。这么看来，那女人近来似乎对外面很留意，开着窗在等自己走过。冈田终于做了这样的判断。

每次经过都见面，往往就想这些事，冈田不知不觉对窗内女人觉得亲切起来。不到两个星期的工夫，一天傍晚，照例经过窗前，他无意中脱下帽子敬了个礼。女人白净的脸上忽地通红，寂寞的微笑变成如花的笑靥。从此，冈田走过时必定向窗内的女人致敬。

三

冈田喜欢看《虞初新志》[1]，其中《大铁椎传》几乎全都背得出。为此，多年前曾想习武，由于没有师父，也就作罢了。这几年，热衷于划船，经同伴推荐，当上选手，能取得这样的进步，也因冈田做事有毅力。

《虞初新志》里，还有一篇文章冈田很喜欢，那就是《小青传》。传里所写的女主人公，用新词儿来形容，就是视美丽如同性命，悉心修饰自己，让死亡的天使等在门外。这位女主人公，真不知让冈田有多同情。在冈田看来，女人是美丽而可爱的，不管处于什么境遇，都该安于维护自己的美丽与娇柔。这恐怕也是他平素喜读香艳体诗歌，以及明清Sentimental（感伤）而Fataliste（宿命）的才子佳人小说，潜移默化中受了影响所致。

冈田向窗内女人点头致意后，过了很久，压根儿没想打听女人的身世。当然，从她家的样子、她的穿着，也猜得出来，是人家的外室。不过，他并不觉得有什么值得不高兴的。她姓甚名谁固然不知，但也不一定非知不可。看看门牌也许会知道，他未尝没这么想过。可是，女人在窗内的时候，不免有些顾忌。她不在时，又怕近

1 清代张潮编辑，内收名家所著传记、逸事等。

处有人，或被路人看见。所以，檐下小小的木牌上写的什么字，他一直没去看。

四

其实呢，冈田才是这故事的主人公，关于窗内女人的身世，直到事情过去以后我才听说的，为方便起见就先说个大概吧。

那是大学的医学系还在下谷时的事。当年藤堂藩主府的一排门房，做了学生宿舍。灰瓦上涂着灰浆，墙上开出一个个窗户，就像棋盘格一样。窗户全敞着，竖着嵌了一排胳膊粗的木头。学生住在里面，说来可怜，简直像牲口似的。当然，要想见识一下那种窗户，只有丸之内的望楼上还保留着，连上野动物园关狮子、老虎的兽笼，格子都做得比那窗户精致。

宿舍里有杂役，学生可以差他跑腿。学生扎着白布腰带，系着小仓产的棉布裙裤，买的东西千篇一律，就是所谓的“羊羹”和“金米糖”。羊羹者，实乃烤白薯；金米糖者，开花豆也。文明史上或许值得记下这一笔，以备参考。杂役跑一次腿可得两分钱。

有个杂役叫末造。别人胡子拉碴，像毛栗子壳咧开嘴。可是末造，胡子刮得干干净净，泛青的下巴上嘴唇抿得紧紧的。别人身上的小仓布衣裳邋里邋遢，他却整齐利索，有时还穿件蓝条纹或是别的衣服，系上条围裙。

也不记得是什么时候谁说起的，听说缺钱时末造肯垫付。不过是五角、一元的小数目，慢慢地变成可借五元、十元，但要写借据或欠条，最终成了一个十足放高利贷的。本钱到底从何而来？难道靠那两分跑腿钱攒下来的？一个人若肯倾注全力，专心于一事，恐怕就没有办不到的事。

学校从下谷迁到本乡的时候，末造已经不当杂役。他搬到池之端，家里不断有些毛手毛脚的学生进进出出。

末造当杂役的时候已经三十出头，虽说家穷，倒也有妻有子。自从放高利贷发了财，搬到池之端以后，开始嫌老婆又丑又唠叨，觉得不够意思。

这时，末造忽然想起一个女人来。从前他去大学干活儿，要穿过练屏町后面一条小胡同，路上常常遇见她。阴沟盖总是坏的那附近，有座暗黢黢的房子，门常年半掩着。夜里从门前经过，房檐下停着车拉的摊床，即便没这些，也得侧着身子才能走过小胡同去。当初引起末造注意的是，这户人家里有练三弦的声音。后来知道，弹三弦的是个可怜的姑娘，年纪只有十六七岁。这姑娘和这户人家很不相称，总是干净利落，穿着整洁。站在门口，见有人过来，立即回身进到黑黢黢的屋里。末造生性谨慎，也没去特意打听，只知道那姑娘名叫小玉，没有娘，跟爹两人过日子，她爹在秋叶原摆个摊床做糖块卖。不久，胡同尽头的那户人家，发生了翻天覆地的变化。檐下的摊床，夜里走过时已不见。一向是悄无人声的房子和周围，用当年流行的字眼来形容，已被“开化”的物事所取代。一半坏一半翘的阴沟盖换成了新的，门口也装修了一番，换上了新格子门。有时还看到门口有脱下的皮鞋。又过不久，门口钉上了新门牌，写着警察某某。末造上松永町、仲徒町那边买杂物时，不经意中，得知卖糖块的老爷子招了上门女婿，门牌上的警察便是他姑爷。老爷子把小玉看得比眼珠还要紧，把闺女交给吓人的警察，真好比天狗抢去了心头肉。姑爷闯进家里，老爷子大不自在，同平时的朋友商量，却没一个人肯明明白白地劝他回绝掉。你瞧瞧，有的说："本来就说给找个好人家，你偏说就这么个独生女儿，舍不得，还说些叫人为难的话。现在可倒好，招来这么个没法拒绝的女婿。"也有的吓唬他说："你要不愿意，只能搬到远处去，没别的法子。可人家是巡警，马上能查出你搬到哪儿去了，会找上门去算账，不管怎么着，你逃不出他手心。"其中有个老板娘，都说她最明白事理，听说她是这么讲的："你闺女长得这么俊，三弦师父也夸她，看样子能有出息。所以，我不是说过嘛，趁早送她去学当艺伎。哪天来个巡警，挨家挨户转悠，看见长得娇小玲珑，独自留在家里，就不由分说给带走了。反正让那种人看上了，只能自认倒霉，还能有什么法子？"末造听了这些言论，又过了三个来月。一天早晨，卖糖块的老爷子家，大门关着，门上贴张条子，上写"吉屋招租，承办人在松永町西"。于是，买东西时，顺便又听到街坊传闲话。巡警在老家原本有老婆孩子，冷不防来找他，结果大吵大闹。小玉跑出屋说要投井，让瞧热闹的邻居大妈好不容易给劝住了。巡警说要当上门女婿时，老爷子曾同好些人商量过，当时竟没一个能在法律上给他出出主意。户籍怎么办啦，交什么申请表啦，老爷子全没当回事。巡警捻着胡子说："手续的事就甭操心了，我包了。”老爷子信以为真，一点都没起疑。当时松永町有个北角杂货店，店里有个长得白白净净的姑娘，圆脸盘，短下颌，学生都叫她“无颌姑娘”，她对末造说：“小玉真可怜呀！那孩子忒老实，竟真拿他当丈夫。可人家巡警大爷，成心住旅馆呢。”北角老爷子是个秃头，他手摸着光溜溜的秃头，一旁插话道：“老的也挺可怜哪！在街坊面前抬不起头，说是这样下去可不成，就搬到西鸟越那边去了。那一带没什么孩子买他的糖，原先的生意做不成，听说又到秋叶原去了。摊床本来卖掉了，说是到佐久间町的旧货店去求人家，又赎了回来。又是赎车又是搬家的，恐怕花了不少钱，想必挺困难的。巡警把老婆孩子晾在那儿不管，大模大样地喝酒，逼着没酒量的老爷子陪他，咳，八成做梦，以为在享老来福呢。”打那以后，末造把卖糖块的闺女小玉给忘了。可是发了财，手头阔了，他忽然又想了起来。

如今，末造在地面上越来越有面子了，他暗中派人到西鸟越一带去找，打听到卖糖块的老爷子，现住在柳盛座戏园子后面车行的隔壁，小玉还没嫁出去。于是，派人去说合：有个大财东想纳小，不知行不行？最初小玉不愿意当小，但她为人孝顺，结果为了她爹又答应了，在松源酒楼跟当家的要行见面礼，事情已经进行到这地步了。

五

末造除了钱，就不曾想过别的事。现在，一旦打听到小玉的下落，还不知人家答不答应，就亲自到附近去找房子，看了几处，有两处临街的房子挺中意。

一处也在池之端，在不忍池的西南角。那座房子正在末造家和当时有名的荞麦面馆莲玉庵的中间，更靠近莲玉庵，离街面略往后缩。房子的院落里，栽了一株高野罗汉松、两三株矮罗汉柏，从树缝里看得见竹格子窗。由五十来岁的老婆子带路，让末造把屋里仔细瞧了一遍。屋里各处都打扫得非常干净。末造觉得还不错，便把押金、房租和管房子人的名字记在小本上。

另一处就是无缘坂中段的那座小房子。当初，连招租帖子都没有，是听人说要出让，末造才去看的。房主是汤岛那边开当铺的，房主的老爷子一直住在小房子这儿，最近死了，房主就把老太太接过去。隔壁是教裁缝的，有点吵。不过，人家为了在此颐养天年，特意种上一些树，看样子住着会惬意。从门口的格子门，直到铺着花岗岩台阶的院子，显得既整洁又幽静。

末造在床上翻来覆去，想了一个晚上：究竟该挑哪一处？老婆为哄孩子睡觉，哄着哄着自己也睡着了，躺在身旁，嘴巴张得老大，鼾声打得很响，简直没个女人样。老公只顾盘算如何放钱增利，通宵熬夜是常有的事。究竟熬到什么时辰才睡，老婆从来都不放在心上。末造心里禁不住好笑，一边瞧着老婆的脸，一边心想：咳，同样是女人，竟有长成这丑样的！想那小玉，虽然很久没见面，那时还带着孩子气，老实听话，却透着一股刚强劲儿，模样长得真是爱煞人了。这会儿，出落得想必女人味更足了吧？单瞧她那张小脸蛋儿就让人开心。臭婆娘！让你什么都不在乎，睡你的大觉去吧！你以为老子光是算计钱的事吗？那你就大错特错了。咦？有蚊子啦！下谷就这点讨厌。该挂蚊帐了，这婆娘倒没什么，会咬孩子的。想到这儿，又琢磨起房子的事。左思右想，等到打定主意，已经过一点了。他是这么想的：有人也许会说，景致好的房子才好。要说景致，池之端的房子就够不错的了。房租虽说便宜，租下来之后这个那个的事太麻烦。再说，地面过于开阔，惹人注意。不小心开了窗，这婆娘领着孩子去仲町，要是给她瞧见就麻烦了。无缘坂那儿暗一些，不过，那地方除了学生散步，几乎没人来往。一次掏偌大一笔钱买下来，叫人怪舍不得，但用的都是好料，合计下来算贱的，若再上保险，日后卖掉，本儿还能捞回来。这样算下来，倒也可以放心。就买无缘坂那座吧，就这么定了。到了傍晚，洗完澡，收拾得体面些，编几句瞎话把这婆娘糊弄过去，就出门啦。等我打开那格子门，一直走进去，会是个什么情景呢？小玉那小冤家，腿上抱个猫儿什么的，孤孤单单地在盼着我吧？准会打扮得漂漂亮亮地等我，这还用说？得给她置几套衣裳。别急，钱可不能乱花呀！当铺里也有好东西。用不着像别人那样，叫女人穿的戴的过分讲究。隔壁福地家的房子，比我们家的气派得多，带着数寄屋町的艺伎到池之端来招摇，让那些学生家瞧得眼红，还觉得挺得意，可是，家里穷得捉襟见肘。他算哪门子学者！还不是靠一管笔，专拣好的写。哦，对了对了，小玉会弹三弦，让她弹段小曲听听倒不错。她除了当过巡警太太，一点不懂世故人情，恐怕不肯弹，准会说："不嘛，会笑话我的。"我命令她："弹呀！"最终还是不肯弹。什么都爱害羞的吧？一准儿是脸上通红，羞答答的。我头一天晚上去，该怎么办才好呢？他止不住胡思乱想。东想西想，想的事慢慢变成零碎片断，白皙的肌肤在眼前闪现。听见窃窃私语，末造终于迷迷糊糊睡着了。身旁的太太，依旧鼾声不断。

六

在松源见面那天，末造想给自己fête（庆贺）一下。虽说是吝啬鬼，攒钱的人也分各式各样。他们有个清一色的毛病，就是小处着眼，一张粗纸要分成两半用，有事写起明信片来，密密麻麻的小字，不用显微镜都认不出。这已影响到他们生活的方方面面，绝对奉行，这是真正的吝啬鬼。再一种，就是在某一点上能开个口，缓口气。过去，小说里写的、戏台上演的守财奴，差不多全是极端的家伙，而活着就为攒钱，实际上有很多不尽如此。虽说吝啬，但有的好色，有的好吃。前面曾提到，末造喜欢穿着得体，在大学当杂役时，到了休息日，就脱掉那身固定的小仓布做的筒袖褂子，换上漂亮的衣衫，像个地道的商人。他把换装当成一种乐趣。学生遇见穿一身蓝条纹布褂的末造，不禁大吃一惊，也是这个原因。除此之外，末造没有特别的嗜好，既不嫖娼，也不下馆子。到莲玉庵吃碗面，都要发个狠，豁出去才行。老婆孩子还是很久以前带去过，眼下绝不能再开口要他带去，那是因为老婆的衣着和自己的服饰太不相称了。老婆若要他给买点什么，末造总是推辞："别说浑话。你跟我不同，我有应酬，是迫不得已。"把老婆驳回去。后来，钱生了利，末造也开始出入饭馆酒楼，那只限于随大流凑份子，自己却从不花钱去吃饭。现在跟小玉行见面礼，忽然来了兴致，要摆个solennel（盛大的）排场，发话说在松源酒楼办事情。

且说眼看要行见面礼了，却碰到一个难题，就是给小玉置装的事。单是小玉的倒也罢了，连她老子的行头也得置办。从中牵线的老婆子好不为难，那闺女对她老子的话百依百顺，非不让她老子出席的话，难保不把事情谈崩了。老爷子自有他的道理："小玉是我的独生女、命根子。她跟别人家的独生女不同，除了她，我没别的亲人。原先我跟老婆两个人相依为命，过着清寒的日子，可她死了。我老婆当年三十多才生头生，生下小玉，结果得病死了。求人家帮着喂奶，刚四个月大时，整个江户[1]流行麻疹，大夫都不肯再看了，我扔下生意，什么都不顾，一心看护她，好不容易保住了一条小命。当时，世道正乱，先是暗杀井伊大老，第二年又出了横滨生麦杀洋人的事。她就是那年生的。后来，生意没了，家产也光了，

1 日本东京的旧称。——编者注

我几次想死掉算了，可是，她用小手抚弄我的胸口，一双乌溜溜的大眼睛看着我笑。我不忍心丢下可怜的小玉，咬牙忍住了，一天天地苟延残喘。小玉出生时，我已经四十五岁了，加上一直辛苦操劳，比年纪显老。俗话说‘一人吃不饱，两人能糊口’。有人好意劝我，把孩子送回老家，给我介绍个有点钱的寡妇，上门入赘。我可怜小玉，一口回绝了。也是人穷志短，想不到，我一手拉扯大的小玉，竟让骗子给耍了，我好不痛心。幸亏人家都夸这闺女好，有心把她嫁到一户可靠的人家去，因为有我这样一个老子拖累她，没人求亲。我也想过，不论怎么着，绝不当人家的外室，给人做小。但是，你说老爷人靠得住，小玉明年也该二十岁了，想趁她青春年少，好歹找个婆家，我只好凑合了。我把宝贝闺女小玉给他，务必得让我一起去，见见老爷。”

这话带给末造时，末造觉得和自己的想法不大一样，心里不太满意。本来想，等把小玉带到松源，就尽快把牵线的老婆子打发走，剩下他和小玉两人单独相对，正可开心取乐，结果落了空。老爷子跟着一起来，说不定会更隆重。末造也有心要摆摆阔，这欲望一向压抑着，现在是解开绳索的第一步，意味着新生活的开始，而见面礼，更是这新生活首要的一步。然而，她老子插进一脚，这热闹场面就变味了。听老婆子说，父女俩都很本分，要闺女给人做小去服侍人，起初两人异口同声都不答应。后来有一天，老婆子把小玉叫到外面，劝她说：“你爹一天天地做不动了，你就不想叫你爹享两天清福吗？”劝了半天，才点头答应，后来把她爹也说动了。末造听了这话，当时心里还偷偷高兴来着，居然能弄到这么一个温柔贤淑的姑娘。父女俩这么诚实耿直，要一起来松源，这头一回见面，岂不变成女婿拜见老丈人了吗？这场面的变化，不啻给末造发热的脑袋浇了一瓢冷水。

但是，末造心想，一直把自己吹成堂堂正正的生意人，这回非拿出个样儿来不可。为了显摆自己阔绰大方，他最后同意给父女俩都置办衣物。既然小玉到手，将来她老子的后事就不能看着不管，权当后事提前办，只好认了。这也促使他拿定主意应承下来。

那么眼下就得说好花费多少，给人家一笔钱。可是末造不这样办。末造好穿戴，自己专有一家裁缝做衣裳，他就去找人说清楚，给两人挑好合适的衣料，尺寸叫老婆子去问小玉。可怜小玉父女俩，对末造精明吝啬的作为，还以为是一片好心，不拿出现钱是出于对他们的尊重。

七

上野广小路那里很少发生火灾，不记得松源失过火，所以，那家店现在说不定还在。末造要挑一间幽静而小一点的包间，从朝南的大门进去，径直走过廊子，没走几步便朝左拐，给带进一间六席大小的房间。

穿号衣的伙计正在卷起遮阳的大纸帘子，是涂了柿漆的那种纸。

“天黑之前，一直西晒着。”带路的女侍解释一下便退了下去。壁龛里挂了一幅手绘的浮世绘画轴，不知是原作还是赝品。花瓶里插了一枝栀子花。末造背对壁龛坐了下来，目光锐利地向周围扫了一眼。

楼下和楼上不同，房间虽然特意朝着不忍池，煞风景的是，当年外面有赛马场的围栏，历尽沧桑，而后又改成自行车的赛场，所以，屋外围了一道竹窝包，免得池边路上的行人往里张望。墙与房之间，仅留一道窄窄的地面，像根带子似的，没法按庭园布置。从末造坐的地方，能看见长在一起的两三棵梧桐树，树干如同拿油抹布揩过一样。还能看见一只春日灯笼，此外就只有疏疏散散的小扁柏了。太阳依旧照了一会儿，广小路上来来往往的行人脚下，扬起白花花的尘土，而篱笆内，洒过水的苔藓却一色青翠翠的。

不大一会儿工夫，女侍送蚊香和茶水来，问点什么菜。末造说等客人来了再点，让女侍退下，一人独自抽烟。刚坐下时觉得有点热，隔了一会儿，从廊下吹来一阵阵的小风，因经过厨房和厕所，微微带着各种气味。身旁，女侍刚放了一把脏兮兮的团扇，根本用不着。

末造靠在壁龛的柱子上，一边吐烟圈，一边又胡思乱想起来。当年路上看见小玉时，就想："真是个好姑娘。"但那时，毕竟还是个小女孩。现在长成什么样了呢？今天来，会打扮成什么模样呢？她老子也跟了来，太不作美了。能不能想个法子，把老爷子赶快打发走？心里这么寻思着，二楼上在调三弦。

廊子上响起两三个人的脚步声。"客人到了。"女侍先进屋通报说。“请吧，直接进屋吧。老爷人开通，用不着客气。”说话的是牵线的老婆子，声音像纺织娘叫。

末造忽地站起来，走到廊下一看，老爷子正猫着腰，在拐角靠墙那里磨蹭，站在他身后的，便是小玉，没一点胆怯的样子，好奇地东张西望。原以为是个胖乎乎的小圆脸，蛮可爱的小闺女，不知不觉地，竟长成一个瓜子脸，比以前出落得更娟秀了。银杏髻梳得很光溜，这种场面，一般人都浓妆艳抹的，而她没有，可以说是张未施脂粉的素净脸。跟末造想象的，大异其趣，只显得更加标致。末造瞧得眼睛都直了，真是称心如意。而小玉这边，是怀着舍身救父的决心来的，反正是卖身，管他是什么买主，不承想，见了面色微黑、目光锐利、有点讨人喜欢的末造，穿着还颇有趣味却又不扎眼，她仿佛又捡回一条性命，刹那间也感到一丝满意。

末造指着坐席，恭敬地对老爷子说：“请到那边坐吧。”随后把目光移向小玉，催促道，“请吧。”把两人安置停当，又把老婆子招呼到一边，交给她一个纸包，悄悄说了几句话。老婆子又恭敬又有些不怀好意地笑着，露出染黑[1]的脏牙，已经斑驳褪色，再三地点头哈腰，当即就退出去了。

等回到座位，见父女俩回避，一起躲在门口，末造再殷勤地招呼他们入座，向等在旁边的女侍点菜。不大一会儿工夫，端上酒和小菜，先敬了老爷子一杯。从谈吐中可以看出，老爷子毕竟从前过

1 日本古代，已婚妇女时兴将牙染黑，明治初年此风犹存。

过好日子，不像那种从没见过世面、骤然穿上新衣裳的人。

末造起初以为老爷子碍事，心里火烧火燎，没想到感情反倒慢慢融洽起来，平和地拉家常。末造一方面尽其所能，显示他的全部善良；一方面心里偷偷乐：能让性情温柔的小玉信任他，无意中倒是一个好机会。

上菜的工夫，三个人的样子，让人还以为是一家人出来游逛，上酒楼吃饭的。末造对妻子一向像个tyran（暴君），妻子有时反抗，有时屈服。等女侍走开，看小玉羞红着脸，腼腆地含笑斟酒时，末造体味到一种从未有过的、淡淡而真切的快乐。他下意识地感到，酒席上这幸福的影子，宛如在幻境里，同时不由得反省反观自己的家庭生活，何以没有这种情趣呢？这种相敬如宾的感情，要维持下去，需要多大的约束？这种约束，自己和老婆，究竟做得到做不到？从来没有商量过，也没仔细考虑过。

突然，墙外啷啷地响起梆子声。接着一个声音嚷道：“哎，哪位捧场点一出？”楼上的三弦声停了下来。女侍扶着栏杆在说什么。下面换了粗重的声音应道：“好啊！那就来两出折子戏，成田家的《河内山》和音羽家的《直次郎》。《河内山》先上。”

女侍来换酒壶，说道：“哟，今晚倒是真戏子。”

末造不懂：“你说真的假的，还有什么分别吗？”

“可不是，这些日子是大学生来卖艺。”

“带吹鼓手吗？”

“带呀，行头之类也一模一样，但一听声音就知道。”

“那么，是固定的一班人马吗？”

"是呀，只有一个人演。"女侍笑着说道。

"姐，认识他吧？"

"因为常上这儿来嘛。"

老爷子从旁说道："学生里也有多才多艺的呀。"

女侍没作声。

末造出奇地笑了起来："反正这些人，读书都不怎么样。"说着，心里想起常来找他的那些学生。其中有的极力模仿手艺人的样子，以嘲笑商铺小店取乐，平时说话用词，都学手艺人那套。不过末造认为，他们未必真的沉湎于声色犬马之中。

席上，小玉一声不响地听他们说话，末造觑着她，问道："小玉姐捧哪个角呀？"

"谁都不捧。"

老爷子补充道："因为她从来不看戏。柳盛座戏园子离得这么近，街坊那些姑娘都去看，小玉从来就不去。听说那些爱看戏的姑娘，一听见咚锵、咚锵响，在家里就待不住了。"

老爷子的话里，带有夸女儿的意味。

八

事情已经说定，小玉搬到无缘坂去住。

可是，末造把搬家想得过分简单，这事上又多少出了点麻烦。小玉提出，希望尽可能把她爹安置在近处，好不时过去瞧瞧，照看一下。起先小玉打算把拿到的月银，分一大半给老爷子，再找个小使女伺候他，让六十多岁的老人家过得舒坦些。这一来，就不必留在鸟越那边住车行隔壁的破屋子了。既然要搬，最好搬得近些。这就和相亲时一样，本来单叫他女儿一个人去，结果老爷子也跟着去了。这回末造满以为收拾好房子，把小玉迎过去就成了，闹了半天父女俩都得搬。

当然，小玉也表示，让父亲搬家是她自作主张，一切花费不给老爷添麻烦。但是，她既然这么说，末造就不能装聋作哑。相过亲，对小玉越发中意，想显示一番自己的大方，这种心思又活动了。结果是让小玉搬到无缘坂，老爷子搬到末造先前看好的另一处房子，就是池之端那座。这样商量下来，不论怎么说，小玉就用自己那份月银把一切事都办妥了。可是，眼睁睁地看着她紧巴巴的，要自己却装作没事人似的，也办不到，所以不管什么都得开销。末造又大方了一下，掏出这笔费用，有好几次让牵线的老婆子目瞪口呆。

等两边都搬完家，消停下来，已是七月中了。小玉说话和举止是那么妩媚，真叫他越看越爱。在银钱交易上，末造调动了他性情中一切严苛的成分，唯独对小玉，使尽了温存抚慰的手段，天天晚上到无缘坂来讨小玉的欢心。史家常说“英雄爱美人”，这里怕是也有这么点意思。

末造没有过过夜，但天天晚上都来。经那个老婆子介绍，末造给小玉雇了一个十三岁的使女，叫阿梅。像小孩子过家家似的，在厨房里学着做饭。因为没有人可以说说话，渐渐地，小玉感到无聊，到了傍晚，心里开始盼着老爷早点来，等她意识到，自己也觉得好笑。在鸟越住的那会儿，爹出去做生意，小玉一个人看家，做点活挣钱，心里算计着：做这么多能挣不少钱呢。爹回来一定吃惊，会夸自己吧？虽说跟街坊上的姑娘处得不熟，小玉也从来没觉得无聊过。现在她明白，整天养尊处优，人就开始无聊了。

尽管如此，小玉的无聊，到了傍晚好歹有老爷来安慰。奇怪的是，搬到池之端的老爷子，一辈子疲于谋生糊口，突然享起清福来，自己都觉得像失了魂似的。从前在小油灯下，跟小玉两人说说闲话，父女俩亲密无间，那样的夜晚，简直像美梦，再也不会有了，他有说不出的留恋。他估计，小玉该来看望了，天天都在盼。但是过了好些日子，小玉一次都没来。

头一两天，老爷子乍住进漂亮的房子，心里那份高兴劲，叫乡下出身的女佣只管打水烧饭，他自己亲自收拾打扫，想起缺什么，便差女佣到仲町去买回来。等到了傍晚，一面听女佣在厨房里叮叮当当做饭的声音，一面给窗外高野罗汉松浇水；或是抽着烟，望着上野山上昏鸦聒噪，雾霭在池中岛辩天神社的林子上，在莲花盛开的水面上，一点点弥漫开来。老爷子觉得一切都很难得，什么都十全十美。但在那一刻，心里同时也感到有点美中不足：那就是小玉不在身旁。小玉一生下来，就是自己一手把她抚养成人，用不着说话，彼此也能心意相通，事事温柔体贴。自己从外面回来，总有小玉在家迎候。坐在窗畔，望着池中景色，看着来来往往的行人。此刻，一条大鲤鱼正跳了出来。眼前，那个西洋女人帽子上插的羽毛多得像整只鸟。老爷子看到兴起，每每想喊：“小玉，快瞧！”可小玉不在，他感到很失落。

又过了三四天，老爷子开始烦躁起来。女佣在一旁做事，也让他心烦。几十年没使唤过人，他又生性温和，不会呵斥人。只是女佣做事件件不合他意，心里实在有气。他拿女佣和小玉比，小玉举止稳重，做起事来轻手轻脚，难怪乡下来的女佣要困惑不解。终于在第四天伺候他吃早饭的时候，看见女佣把拇指杵到汤碗里，他忍不住说道：“不必伺候了，一边待着去吧。”

吃完饭，看了看窗外，天空阴沉沉的，但没有要下雨的样子，也没有晴天那么热，似乎很舒适，便想出去散散心，遂走出了家门。可是，又怕不在家的时候小玉过来，就不时回头朝家门口张望，光在池边溜达。在茅町和七轩町之间，顺路能到无缘坂，中间有座小桥，不大一会儿，他就走到那里了。寻思着，要不要去看看女儿？不知为什么又打消了念头，连自己都觉得客气得出奇。做父亲的，不论什么场合都不该这么见外。“奇怪，真奇怪。”他心里念叨着，终于没有走上桥去，依旧在池畔踱步。他忽然发现，末造的家就在水沟的对面。这是搬家时，牵线的老婆子在窗口一边指着一边告诉他的。一眼看过去，房子的确气派，高高的土墙外面，斜着围了一圈削尖的竹子。听说隔壁人家姓福地，是位了不起的学者，福地的房子大归大，就是太陈旧，太鄙俗，一点也不气派。站了一会儿，瞧着末造家原木色的后门，大白天也关得紧紧的，他压根儿没想进去看看。然而，一种无可奈何的寂寥感蓦地袭上心头，无所思量，愣着只管出神。如果用语言来表达，只能说是穷困潦倒，卖女为妾，一种为人父的感慨吧。

挨过一个星期，女儿还是没来。思女之心越来越深，结果渐生疑窦：那丫头享了福，会不会就忘了爹？即便他真心这样怀疑，也不过是想着玩罢了，疑心归疑心，倒没觉得女儿有多可恨。就像对人说气话一样，心里只是想，她若真的可恨倒还好了呢。

尽管如此，老爷子近来常有这样的心思。光待在家里，免不了要胡思乱想，我得出去走走，但回头她来了见不着我，会觉得遗憾吧？不然她就准想：特意来了，让人家白跑一趟。随她想去吧！老爷子心里这样嘀咕着，出了家门。

到了上野公园，恰好在树荫下找到空椅子，便坐下去休息。望着穿号衣的人力车夫从公园穿过，老爷子心里想象着，这会儿自己不在家，女儿来了不知所措的样子。此时的感触是，她活该！自己要体验一下这种感情。这几天晚上，有时到吹拔亭去听圆朝说书，或是驹之助说唱。即使人在书场，心里仍惦记女儿会不会回家来。忽地又转念，女儿该不会上这儿来吧？有时就去巡视梳银杏髻的年轻女子。有一次，幕间休息时，看见一个梳银杏髻的女子，跟着头戴一顶当时还很少见的巴拿马草帽、身穿单和服的男子上了二楼。她手扶着栏杆，坐下之前，先来打量着下面的客人。猛然间，老爷子当成是小玉。仔细看过去，脸比小玉圆，身材也矮。而且，戴巴拿马草帽的男人，不仅带了她一个，身后还有三四个梳岛田髻、桃形髻的，都是艺伎或者雏妓。坐在老爷子身边的学生说："呀，我们福地先生来啦。"散场回去的时候，有个女人挑了一盏长柄大灯笼，上面斜着写有三个红字——"吹拔亭"，给戴巴拿马草帽的人送行，几个艺伎和雏妓相随身后。老爷子一路上跟着他们一行，时而落在后面，时而走在前面，一直回到家里。

九

小玉自幼没有离开过父亲，现在不知父亲过得怎样，很想去看望。可是，老爷天天来，自己不在家怕惹他不高兴。所以，心里尽管惦记着，却一直没去父亲那儿，一天天拖了下来。老爷从来不待到天亮，早的时候，十一点来钟就回去了。有时来了，"今儿个还得上别处，先过来看看"，说着在方火盆的对面坐下来，抽会儿烟就走了。老爷究竟哪天不来，小玉算不准日子，没法决定哪天去。白天出门也不是不行，但是，小使女还完全是个孩子，什么事都不能放手交给她做，而且，总觉得会给邻居瞧见，所以小玉不愿意白天出门。起初，去坡下洗澡，也先要叫小使女出去看看有没有人，然后再悄悄溜出去。

虽说没什么事，但搬来的第三天，还是出了一件事，把胆小怕事的小玉吓得心惊胆战。搬来的头一天，菜店的和鱼店的都拿着账本，请她同意以后送货上门。可是那天鱼店的没来，便打发小梅到坡下去随便买些回来。事情就出在这时。小玉并非天天都要吃鱼。父亲一向不喝酒，只要对身体没坏处，什么菜都行，现成有什么菜都能下饭，已成习惯了。然而，别人会议论说："那户人家穷，他们家几天都不见荤腥。"不能叫小梅心里委屈，再说也对不住老爷的厚待。出于这种心思，特意叫小梅到坡下去看看。没想到，小梅竟哭丧着脸回来了。问她，怎么了？原来事情是这样的：小梅找到一家鱼店，但不是送货上门的那家。老板不在，老板娘在店里。大概老板从码头回来，留一些货在店里，然后自己就挨家挨户给主顾送货去了。店里有许多新鲜鱼，小梅看中一堆新鲜的小竹荚鱼，便打听价钱。"没见过你这个小丫头，是从哪儿上这儿来买东西的？"小梅回说是从谁家来的，老板娘马上板起脸："噢，是吗？对不住你啦，回去吧，就说，我们店没鱼卖给放印子钱的小老婆。"说完就转过脸去，只管抽烟不理她。小梅受了一肚子窝囊气，也没心思再上别的鱼店，就跑回家来。到了主人面前，可怜巴巴地，把鱼店老板娘的话，断断续续复述了一遍。

小玉一听，连嘴唇都变得煞白，好半天作声不得。一个未经世事的女儿家，心中百感交集，一片chaos（混沌），像团乱麻，自己都无法厘清。惶惑迷乱的情绪，整个儿重重地压在她的心头，全身的血仿佛都流到心里，脸色煞白，背上冷汗直流。这时，使她首先恢复意识的，不是什么了不得的事，而是想：出了这样的事，小梅怕是不能再在这里待下去了。

小梅一动不动，盯着主人失去血色的面孔，只知道太太非常窝火，但不明究竟。她忽然想到，自己只顾生气回家，中饭的菜还没有着落，这样待着怪对不住太太的。方才给的买鱼钱还别在腰带里没拿出来。“真的，没有那么讨厌的老板娘啦。谁稀罕买他们的鱼！我再往前走走，小稻荷神社那儿有一家。我马上就去买回来，好吗？”小梅安慰似的看着小玉的脸庞，站了起来。小玉感到小梅还是向着自己的，刹那间的安慰让她感动，随之笑了笑，点了点头。小梅立即啪嗒啪嗒跑了出去。

小玉依旧坐在那里没动弹。情绪稍稍缓和下来，却终于忍不住流出眼泪，便从袖子里掏出手绢捂住眼睛。听见心在呼喊：好难过呀，好难过呀！这是心中那片混乱发出的声音。是因为鱼店不卖鱼给她觉得可恨，还是因为不卖鱼给她从而知道了自己的身份，觉得恼火、感到难过的呢？当然不是。难道是因为自己委身于末造，现在知道他放高利贷而恨他的缘故？抑或是因为自己委身给这样一个人，而觉得委屈、感到难过的呢？也不。小玉隐隐约约知道高利贷令人厌恶，叫人害怕，受世人唾弃。不过，父亲只去过当铺当东西，虽说账房刻薄，不肯如数给出父亲要的数目，但父亲只是说声“没办法”，从不死乞白赖，哀求账房，也没怨过恨过人家。就跟小孩子怕鬼、怕巡警一样，仅知道放高利贷的可怕，并没有切身之痛。那么，她难受的是什么呢？

说到底，小玉心里愤世嫉俗的意味很少。若硬要说她恨什么，或许说是恨自己的薄命倒未尝不可。自己没做过坏事，为什么要受别人的欺侮？对此她感到痛苦。恼火便是她宣泄痛苦的方式。想到自己上当受骗，被人鄙弃，小玉生平头一次感到悲哀。后来，到了最近，不得不给人做妾，又一次体验到这种心情。现在不单是给人做妾，做的还是人人嫌恶的放印子钱的妾。等她明白这一点时，从前的“剜心之痛”，虽经“时间”的啃噬磨去了棱角，被“认命”之水冲褪了颜色，现在重又以鲜明的轮廓、强烈的色彩，在小玉的心中浮现出来。小玉那块心病的真正原因，硬要理出头绪来，恐怕就是这个吧？

过了好半天，小玉起来打开壁橱的门，从粗皮包里取出自己做的细白布围裙，围在腰上，长长叹了一口气，走进厨房。同样的围裙还有一条绸子的，小玉盛装时才围，进厨房从来不用。就连单和服她也怕把领子弄脏，发髻能蹭到的地方，便用手绢叠起来垫上。

此时小玉差不多已经平静下来。认命是她时常乞灵的心理告慰，她的精神，只要向这方面一靠，就如同机械上了油，顺滑流畅地转动起来。

十

那是一天傍晚的事。末造来了，坐在方火盆的对面。从第一天晚上起，每次见末造来，小玉就拿出坐垫摆在方火盆对面。末造盘腿坐在上面，一边抽烟一边说些家常。小玉手不知放哪儿好，便在自己平日坐的地方，不是摩挲火盆边就是摆弄火筷子，害羞地回答上一句半句。看那样子，若是让她离开火盆去坐，恐怕会窘得不知待在哪儿才好。可以说她是拿火盆当挡箭牌。说了一会儿话之后，小玉忽然有腔有调滔滔不绝地说了起来。大抵是她同父亲相依为命的那几年里所经历的酸甜苦辣。与其说末造在听她说，不如说像在听养在笼子里的铃虫叫，听那呜啭的哀音，不由得微微笑起来。这时，小玉蓦地发现自己话太多，羞得满脸通红，猛地顿住口，又恢复先前少言寡语的姿态。在某些方面，末造精于观察，眼光比刀子还尖，小玉的言谈举止，显得那么天真无邪，在末造看来，就像看水盆里那清水一样，没有他看不到的。这样两人相对的滋味，对末造来说，好比辛劳过后，泡在凉热适中的水里，一动不动地暖和着身子一样惬意。末造从来没尝到过这种滋味，自从来这个家以后，就像猛兽由人豢养，不知不觉受到culture（驯化）。

又过了三四天，末造照例盘腿坐在火盆对面。终于发现小玉没特别的事要做，却故意忙来忙去，显得心猿意马的样子。小玉羞怯地躲着他的目光，或是半天不答话，这情形开头也曾有过。但像今晚这样子，似乎别有缘故。

“喂，你在想什么呢？”末造一边装烟袋一边问。

方火盆的抽斗已经整理过，小玉拉开一半，并没东西要找，却在仔细翻检。小玉抬起一双大眼睛，盯着末造说：“没想什么。”这双眼睛还不懂得编故事骗人，不像会隐藏什么了不得的秘密。

末造皱起眉头，随即又舒展开来：“不会没想什么吧？心里准在想：‘真糟糕。怎么办？怎么办呀？’不都明摆在脸上了嘛。”

小玉脸上立刻飞红，半天不作声，心里思忖怎样说才好。像运转中的精密仪器，一眼便能看穿。

“那个，父亲那儿，早就想去看看，该去看看了，已经拖了很久。”能看出精密仪器如何运转，却看不出在做什么。虫子要躲避比自己强大的对手，总有种mimicry（伪装）的本能。这个女人在说谎。

末造脸上笑着，嘴上责备地说：“怎么，都搬到鼻子底下的池之端了，你居然还没去看过？想想对面的岩崎府，不就像在自己家里一样吗？哪怕现在想去都成。好吧，明天一早去吧。”

小玉拿起火筷拨灰，偷偷瞧着末造：“人家有好多顾虑嘛。”

“别瞎说了。这点小事何须想得那么多！难道一直像个孩子似的吗？”这回声音放得柔和起来。

这事没再往下说。临了末造说：“既然有顾虑，我明早过来一趟，带你走一段怎么样？”

小玉这些日子心事重重。见到老爷时，她真想不通，眼前这样一个可靠、周到、温和的人，为什么要做这种人人嫌弃的营生？甚至还想，难道不能想法劝劝他，做点本分生意不成？不过他的样子倒一点都不招人讨厌。

末造隐约感觉到，小玉心里藏着什么。他试探了一下，但觉得无非是些孩子气的事，没什么要紧的。等到十一点多离开这个家，慢慢走下无缘坂的时候，又寻思起来，小玉的确像有心事。末造惯于观察，十分敏感，什么事都逃不过他的眼睛。末造甚至猜出，是不是有人跟小玉说了什么，至少是些让她难堪的话。究竟是谁说了些什么，却无从知道。

十一

第二天早上，小玉到池之端父亲家的时候，父亲刚吃完早饭。小玉没顾得上打扮，便急急忙忙赶来，心里在犹豫，怕来早了。一向早起的老爷子已经把门口打扫干净，洒上水，然后洗过手脚，冷冷清清一人坐在新席子上。

隔着两三户人家，新近设了汽车站，一到傍晚就很喧闹，但左邻右舍家家都把格子门关得紧紧的。尤其一大清早，周围静悄悄，往窗外望出去，从高野罗汉松的枝叶间，能看见柳丝在凉爽的晨风中摇曳，还有对面池中一大片茂盛的莲叶。也能看见那碧绿丛中的点点粉红，是今儿早上刚刚绽开的花朵。当初曾说过，朝北的房子怕要冷吧？可是到了夏天，想住都住不上呢。

小玉自从懂事之后，心里就有过种种设想：等有朝一日过上好日子，一定变着法儿让爹享福。且看眼前的情景，给爹住这样漂亮的房子，可以说了了一份心愿，不由得心里一阵喜悦。可是，喜悦之中却带着点苦味儿。要是没有那件事，今早见到父亲该有多高兴，不禁痛感世上不如意事常八九。

老爷子放下筷子，正拿着茶盅喝茶。听见大门开了，自从搬来还没有客人上过门，好生奇怪，便朝门口看过去。苇箔做的双折屏风还挡着身子，小玉就喊："爹！"一听是小玉的声音，老爷子想立刻起来接她，但又忍住了，没动弹。心里忙着措辞，该给她两句什么话好呢？"真难为你，总算没忘记有我这个爹！"要不要来这么一句？这时，看见女儿急急忙忙进屋，亲亲热热来到跟前，这话就再也说不出口了。自己都生自己的气，闷声不响地望着女儿。

呀，多俊的闺女啊！老爷子一向为此感到得意，从前尽管日子过得穷，也绝不亏待女儿，一心叫她穿得体面些。可是刚十天不见，就像换了个人似的。不论日子过得多紧，女儿出于本能，从不邋遢，总是注意收拾得干净得体。今昔相比，老爷子记忆中的小玉，只是一块璞玉而已。即便是父母看子女，老人看后生，美的总归是美的。而美，自能使人心软，哪怕是父母、老人，都不能不折服。

老爷子故意不吭声，板着脸，虽然不情愿，脸色终于缓和了下来。小玉在新环境里，身不由己，自幼一天也没离开过父亲，心里尽管一直惦记着要来看望父亲，竟至拖了十天，想要说的话一时之间反倒无从说起，只顾高兴地看着父亲的面孔。

“食案可以撤下了吧？”女佣从厨房探出头来，尾音向上挑，急口问道。小玉不习惯，没听明白女佣说什么。女佣的脑袋略小，头发用把梳子随便绾了，配着一张大脸盘，显得很不匀称。脸上的神情既惊讶又不客气，死死地盯着小玉。

“赶快撤下去，再沏壶茶来。沏柜子上的绿茶。”老爷子说着推开食案，女佣端进了厨房。

“哎呀，用不着沏好茶叶。”

“别说傻话，还有点心哪。”老爷子起身从壁橱里拿出个铁罐，抓了些鸡蛋脆饼放在盘里，“这是宝丹后面作坊里做的。这地方真方便，旁边的小巷里就有如燕居，专卖甜酱海味。”

“是吗？从前跟爹去柳原的书场听说书，记得如燕老板说的是请客吃饭的段子，说到‘味道之美，如同敝号做的甜酱海味’，把大伙都逗乐了，对吧？那位如燕老板真是富态。一上说书讲台，屁股一咕噜就坐下去，我觉得特好笑。爹要是能那么胖就好了。”

“胖得像如燕老板，谁受得了哇！”说着，把脆饼拿到女儿面前。

这时茶来了，父女俩说着闲话，就像一天都没分开过似的。老爷子忽然像有话不好开口的样子，正色道：

“怎么样，你那儿？老爷常来吗？”

“嗯。”小玉只应了一声，一时又闭住口。末造不是“常来”，而是没一个晚上不来。如果是正经嫁人，问起小两口处得好不好，就会喜滋滋地回说，挺好的，放心吧。但是，自己是这样的身份，若说老爷天天晚上来，又觉得不好意思，实在难以开口。小玉略一沉吟，说道：“还行。爹不必担心。”

“那就好。”老爷子说道，感到女儿的回答有些言不尽意。问的人和答的人，无意中说话都有些含糊其词。父女两人一向推心置腹，彼此没有秘密，现在虽不情愿，倒好像互相瞒着什么，说话非得斟酌字句像对外人。头一回，上当找了个坏女婿，在街坊上虽然丢面子，但是父女俩是一个心思：都是那人不好，所以，说话没一点隔膜。这次与上次不同，父女两人一旦打定主意，把该了的事了了，日子固然富裕，可如今，他们体会到，虽然这样亲亲热热地说话，周围却笼罩着一层阴云，弥漫着悲凉的气氛。老爷子想让女儿回答得更清楚，便又换一个角度问道：“他这个人究竟怎么样？”

“这个嘛，”小玉侧起头，自言自语似的补充道，“倒不觉得像坏人。相处的日子还短，说话什么的并不凶。”

“嗯。”老爷子似乎不得要领，“怎么能是个坏人呢！”

小玉与父亲相对无言，猛然间心里一阵发慌。她觉得，倘若把今天想要说的话和盘托出，这会儿倒正是时候。可是父亲好不容易过上好日子，不再发愁，她怎忍心又给父亲添新愁呢！这样一来，与父亲的隔膜恐怕会愈来愈大，虽说让人不快，但思量下来，也只好忍了。做人家的外室本是暗地里的事，现在又揣上一个秘密。这秘密已经带了来，还没揭开，索性就原封不动再带回去吧。小玉打定了主意，到了嘴边的话便又缩了回去。

“说是做过很多事，他这一辈上就发了迹。也不知脾气怎样，我还担心来着。怎么说好呢？反正，算得上有男人气概吧。至于他心里想什么，简直捉摸不透。说话行事，好像是成心给人看似的。您说，爹，处处小心谨慎，那不也挺好吗？”说着，抬眼看着父亲。女人不论多老实，随时都会把心事藏起来，扯些旁的事情，不会像男人那样苦恼。而且在这种场合，话会多起来，就女人而言，可以说是够诚实的。

“嗯，也许是吧。不过，你话里好像对老爷不大相信。”

小玉笑道：“这样我才会能干起来呀！往后再也不想受人欺侮了。有出息吧？”父亲感到女儿过于老实，难得在自己面前一露锋芒，所以神色不安地看着女儿：“嗯，我这一辈子，一向受人欺侮，给当成傻瓜。不过，被骗总比骗人要心安理得。不论做什么事，都不能昧良心，所以，对恩人可不能忘恩负义呀。”

“您放心吧。爹不是常说嘛，玉儿人诚实，我真的很诚实。话又说回来，这些日子我思前想后，实在不想再上当受骗了。我不撒谎、不骗人，反过来，也不想受人骗。”

“那你的意思是，老爷说的话你也不轻信，是吗？”

“是的。他简直把我当孩子。那么一个八面玲珑的人，我不能不防着点儿。我打算好了，才不像他想的那样是个孩子呢。”

“怎么回事？你的意思是，发现老爷说了什么骗人的话吗？”

“可不是。那个老婆子不是每次都说吗？他太太扔下孩子过世了。你服侍他，虽然不是正室，也跟正室差不多。只不过因为面子的缘故，不便于把一个身份低下的人接到家里。其实，人家有正正经经的老婆呀。是他自己满不在乎说出来的，我都吓了一跳。”

老爷子瞪大了眼睛：“是吗？到底是媒婆的嘴。”

“所以我的事，恐怕还一直瞒着他太太。既然能骗他太太，就不可能对我只说真话，所以得小心防着点儿。”

老爷子忘了磕烟灰，出神地望着忽然精明起来的女儿。蓦地，女儿又想起一件事，说道：“今儿个我这就回去，既然来过一次，也没什么，往后天天都能上爹这儿来看看。其实，他没叫我来之前，我觉得来了不大好，一直有些顾忌。结果昨晚跟他说好，打过招呼，今天才来。我那儿的用人还是个孩子，就连晌午饭，我要是不回去帮她，都做不成。”

“既然跟老爷打过招呼，就在这儿吃了午饭再走吧。”

“不了，可大意不得。很快会再来的，爹，再见。”

小玉站起来的工夫，女佣慌忙赶着把鞋摆正。人虽不机灵，但女人遇到女人，免不了要打量一番。有个哲学家说，即使是陌路相逢，女人也把别的女人看成是自己的对手。把大拇指杵在汤碗里的女佣，尽管山里出身，对小玉也很在意，看样子方才偷听来着。

“那就回头再来。问老爷好。”老爷子坐着说道。

小玉从黑缎子腰带里掏出小钱包，拈了几张纸币给女佣，穿上低齿木屐便出了格子门。

唯有父亲是自己的依靠，走进家门时，一心想把心里的苦水倒出来，与之相对悲叹。现在走出家门，小玉竟也精神抖擞，连自己都觉得奇怪。父亲好不容易能宽下心来，她不愿再让父亲发愁。与其那样，不如自己尽量显得刚强些、硬气些。说话的工夫，她发觉，一直沉睡在心底的什么东西觉醒了过来，觉得自己一向依赖人，想不到能够独立了，小玉神情坦然地走在不忍池畔。

太阳已从上野山上高高升起，火辣辣地照着大地，把湖心岛上的辩财天女神社染得红彤彤一片。小玉走在路上，阳伞虽带着，却没有撑开。

十二

一晚，末造从无缘坂回到家里，老婆已把孩子哄睡了，她自己还没睡。平时总是孩子睡了，她自己也跟着睡下，可是那晚却一直垂头坐着。明知末造钻进蚊帐，也不搭理他。

末造的铺盖在紧里面靠墙，稍微隔开一点距离。枕边放着坐垫、茶具和烟灰缸之类。末造坐在垫子上抽烟，温和地问道：

“怎么啦？怎么还没睡呀？”

老婆一声不吭。

末造不想再让着她。这边要和好，她倒不答应，那就作罢，故意满不在乎地抽烟。

“大晚上的，您去哪儿啦？”老婆突然抬起头，盯住末造问道。自从用了使唤人，说话慢慢知道讲究，可是一旦面对面，便又变得粗俗起来，最后只剩下一个“您”字。

末造目光锐利地朝老婆睃了一眼，什么也没说。肯定是她知道点风声，但猜不出究竟，所以，也不好说什么。末造可不是那种信口开河、授人以柄的人。

“我什么都知道啦。”老婆尖声说道，话尾带着哭音。

“这话好奇怪。你知道什么啦？”末造语气像是挺意外，声音似在安抚人，透着柔和。

“太过分啦。还装作没事儿人似的！”丈夫的沉着越发刺激她，竟至说话断断续续的，拿起袖子去抹淌下来的眼泪。

“这可难办了。咳，你不说出来，谁知怎么回事儿？我什么也猜不出来嘛。”

“哎哟，亏您说得出口。是不是要我告诉您，今儿晚您去什么地儿了？倒真会装傻！跟我说什么生意上有事，却跑到外边儿开小公馆。”塌鼻梁，像给眼泪洗过一样的红脸盘，圆发髻也走了样，鬓角上一绺头发粘在脸额上。眼泪汪汪的小眼睛睁得老大，盯住末造，然后跪着蹭到跟前，使劲抓住末造的手，末造手上还捏着抽了半截的金天狗牌香烟。

“松手！”末造甩开她的手，把落在席子上的烟头掐灭。

老板娘抽抽搭搭，又抓住末造的手：“哪有你这种人哪？挣多少钱，就知道自己摆大爷架子，连一件衣服都不给老婆买，光叫她带孩子，自己倒挺臭美，讨小老婆。”

“不是叫你松手吗？”末造第二次甩掉老婆的手，“会把孩子吵醒的！再说下人屋里都听得见。”他压低了声音狠狠地说道。

最小的孩子翻了个身，说了几句梦话，老婆也不禁压低声音说：“你到底想要我怎么着？”这回把脸贴在末造的胸脯上，呜呜哭了起来。

“用不着怎么着。你人老实，受人家教唆。什么小老婆、开公馆，是谁说的？”说着，末造看见走了样的圆发髻直颤悠，心里轻薄地想：丑女人一个，何苦梳这样一个发髻，相称吗？圆发髻渐渐震得松下来，末造觉得一对奶水极丰的大乳房，像手炉似的压在胸口那里。“是谁说的？”又问了一遍。

“管他谁说的，反正是真的。”乳房越压越重。

“不是真的，所以不能不管。谁那么嚼舌头？”

“告诉你也没关系，是鱼金家里的。”

“什么？说胡话似的，听不清。咕咕哝哝，你说的什么？”

老婆的脸离开末造的胸脯，嗔道：“我不是说了，是鱼金家的老板娘。”

“哦，是她呀！我猜就是这么回事。”末造看着老婆生气的面孔，慢慢又点上一支“金天狗”，“小报记者常说什么社会制裁，我还没见制裁过谁。说不定，那些专门造谣生事的人倒该制裁制裁。治治街坊上好管闲事的家伙。要真信了那种人的话，受得了吗？我现在跟你讲点正事，你好好听着。”

老婆好像头上蒙了一层雾水，懵懵懂懂，只有一点心里倒还清楚：该不会上当吧？尽管如此还是瞅着末造的脸，热切地听他说话。平时总是末造念报纸，话里带些听不懂的词儿，老婆很胆怯，不懂便只好认输。方才提什么社会制裁，就是这样子。

末造不时地吞云吐雾，耐人寻味地盯住老婆的脸，这样说道：“那个，想必你也认识。还是在大学那边住的时候，有个姓吉田的常上咱家来。就是那个戴金丝边眼镜，穿得挺单薄的家伙。他到千叶的一家医院工作，欠我的账两三年都清不了。吉田那家伙住校的时候就有了女人，在七曲租了房子，一直住到最近。起初月月都寄钱给她，今年，既不捎信，也不寄钱去，那女的就来求我去找他商量。你准奇怪，她怎么会认识我的？因为吉田说，常到咱家来，免不了要惹人注意，不好办，就把我叫到七曲他家里去，商量欠款展期的事。从那次，那女的就认识我了。我挺为难，好在是顺水人情，便答应替她去交涉，可是一直没结果。女的一再死乞白赖地求我，我也觉得给这号女人缠上，实在打发不掉。后来她说要搬到干净一点、房租便宜的地方住，让我帮她找房子。我就在新开路替她租了间开当铺的老太爷住过的房子，让她搬了过去。这些日子就因这些七七八八的事，不时地过去，待上两三支烟的工夫。街坊上大概有人传闲话。隔壁是个裁缝师傅，聚了一帮姑娘，人多嘴杂。有哪个傻瓜肯在那种地方开小公馆的？”说到此处，末造不屑地笑了笑。

老婆的小眼睛晶亮，热切地听完丈夫讲的这一席话，这时便撒娇似的说道：

“也许真像你说的。不过，常往那种女人家里跑，谁知道会出什么事！反正那种女人只认得钱。”老婆说着说着就忘了“您”字。

“胡说。我已经有了你这老婆，难道我是那种拈花惹草的人吗？到现在为止，哪怕一次也好，找过别的女人没有？大家都过了吃醋吵架的年纪，别没事找事。”末造想，没料到这么容易就搪塞过去了，心里大唱凯歌。

“可是，像你这样的人，女人家都喜欢，我不放心。”

“哼，真是没见过世面的家伙。”

“怎么啦？”

“肯喜欢我这种人的，只有你呗！怎么？已经一点多了。睡觉，睡觉。”

十三

末造的辩解真真假假，老婆的妒火似乎给熄掉了，但也仅仅奏效一时而已，只要无缘坂上实有之人仍在，便少不了流言蜚语。“听说今儿个有人看见老爷进了格子门。”这话又从女佣的口中传到老板娘的耳里，而末造总是有理由。如果说生意上的事，未必非得晚上去不可，他就说：“哪有一大早就找人要钱的？”若问他，怎么从前不这样？他就说：“从前生意没做这么大。”搬到池之端以前，生意上的事都是末造一人经手，如今在家附近设了一个办事处，此外，连龙泉寺町那儿也有一间房算是分号，学生要用钱，用不着跑远路就能借到。根津一带有人需要钱的话，可以到办事处；吉原[1]那儿的，可以去分号。后来，吉原那里专管接送嫖客的西宫茶馆，同分号联手，只要分号同意，没钱也可去玩。分号俨然成了冶游的后勤。

1　根津与吉原，系明治前期东京的花街柳巷。

末造夫妇没再进一步发生新的冲突，彼此相安无事，过了一个来月。就是说，末造的诡辩仍旧管用。然而，有一天意外地出了破绽。

正好丈夫在家，老板娘阿常说趁着早晨凉快要去买东西，便带着女佣到广小路去了。临回来经过仲町的时候，女佣从后面轻轻拽了一下阿常的袖子。“什么事？”阿常看着女佣的脸，叱责地问道。女佣一声不响，指了指站在左边店里的一个女人。阿常不大情愿地看了过去，不由得停下脚步。这时，女人也回过头来。阿常和那女人打了个照面。

起先，阿常以为是个艺伎。匆忙之间心里思忖，就算是艺伎，像这女人长得这么匀称俊美的，恐怕连数寄屋町那边也找不出一个来。转瞬间，发现这女人身上少了点什么，阿常也说不出究竟少了什么。要说的话，是不是少了态度上的做作？艺伎总是打扮得很漂亮，态度上必有几分做作。既然做作，就有失稳重。在阿常眼里，觉得她少的那点什么，便是艺伎所特有的那种装腔作势。

店前的女人，无意中觉得有人从身旁经过时停下了脚步，便回过头去看了一眼，也没看出有什么可值得注意的，于是把洋伞靠在稍稍向内并拢的腿上，从腰带里掏出小钱包，低头朝里面看了看，翻找银角子。

那家店就是仲町南侧的他士加罗屋。店号稀奇古怪，有人说：“他士加罗屋若倒着念，意思就是‘干吧’！”那家店卖牙粉，装在金字红纸的口袋里。当时还没有牙膏之类的舶来品，牡丹香味的岸田牌花王散、他士加罗屋的牙粉都属于上等货色。店前的女人不是别人，正是清早去看父亲回来，顺路买牙粉的小玉。

阿常走了四五步后，女佣偷偷说道："太太，就是她。无缘坂的那个女人。"

阿常默默地点点头。这句话居然没起到什么效果，女佣觉得很意外。那女人既然不是艺伎，阿常出于本能登时就明白了，是无缘坂的那个女人。若仅仅是一个漂亮女人，女佣绝不会拽住自己的袖子，这固然有助于阿常做出判断，但还有一点，想不到也帮了她的忙——那就是靠在小玉腿上的那把洋伞。

已经是一个多月前的事了。有一天，丈夫从横滨给她买了一把洋伞回来，柄特别长，撑开来伞面却挺小。给身材高大的西洋女人拿着玩倒是不错，但给又矮又胖的阿常拿着，说得难听些，就像在晾衣竿头上挂着尿布一样，所以放在那里一直没用。那把伞是白地蓝细方格的。那女人的伞跟自己那把一模一样，阿常看得很清楚。

从酒馆拐向不忍池时，女佣讨好地说：

"太太，那女人也不见得多好看。脸平平的，个子那么高，您说是不是？"

"你不该说这种话。"阿常说完就不再理她，急匆匆地往前走。女佣讨好不成，不满地跟在后面。

阿常的心里直翻腾，什么事都理不出头绪来。对丈夫该怎么办？该说什么话？心里一点谱都没有。她只想跟丈夫大吵一场，发泄一通。她寻思：买回那把洋伞时，自己多高兴呀。要是不求他，向来什么都不给买。怎么偏偏今儿个给买了东西回来？心里还觉得奇怪。说是奇怪，其实是想，丈夫怎么忽然殷勤起来了？这会儿思量之下，恐怕是那女人要，给她买的时候，顺便给我也捎了一把。准是那么回事。不知道实情，还着实高兴了一回，我也没指名要，就买了那样一把伞，让人好开心。不光是伞，那女人身上穿的头上戴的，说不定都是他给买的。我打的这把贡缎面子的伞，和她那把洋伞就不一样，同样，我和那女人，穿的戴的全都不一样。不仅是我，哪怕给孩子买件衣裳，他都不情愿，说什么男孩子有件窄袖和服就蛮不错了；还说女儿太小，现在做和服不上算！有成千上万的钱，人家的老婆孩子哪有像我们娘儿几个这样的？现在想来，怪只怪他养了那个女人，不顾我们娘儿几个。什么吉田先生的女人，真的假的谁信他？还说什么七曲，没准那时他就开了小公馆。没错，准是那么回事！自从手头阔绰了，他自己穿的用的越来越讲究，说是有应酬什么的，其实是因为有了那女人。他哪儿也不领我去，准是领她去！咳，好气人呀！正寻思着，突然女佣叫道：

“哎呀，太太，您要上哪儿去呀？”

阿常一惊，停下脚步。只顾低头往前赶，已经走过了家门口。

女佣放肆地笑了起来。

十四

早饭吃完拾掇好，阿常出门去买东西时，末造还在抽烟看报。等一回来，他已经不在了。如果在家，跟他说什么好呢？虽然还没想出个头绪，反正一心想跟他大闹一场。逮着了，吵一通。可是回来一看，阿常顿时泄了气。她得准备午饭。孩子的夹袄刚上手缝，她还得赶快缝，因为马上就该穿了。阿常像个机器人似的，照旧忙来忙去。想与丈夫大吵一通的火气，不知不觉渐渐消了下去。从前，跟丈夫吵架，气得豁出脑袋要往墙上撞的事也常有。不料，总是还没等脑袋撞上去，墙倒先变成布帘子，白费劲儿。丈夫用他那三寸不烂之舌，讲些似是而非的道理，倒也不是给道理说服，听着听着她就蔫了下去。今天似乎没找着出气筒。阿常带着孩子吃午饭。她给孩子劝架，缝夹袄，准备晚饭。让孩子冲澡，自己也冲了冲。点着蚊香吃晚饭。孩子吃完饭出去，玩累了回家来。女佣从厨房出来，在老地方铺床、挂蚊帐。叫孩子解手、睡觉。给丈夫留的晚饭罩上纱罩，火盆上放着茶壶，然后搬到隔壁屋里。丈夫不回来吃晚饭时一向如此。

阿常机械地把这些事情做完，便拿起一把团扇钻进蚊帐坐在里面。她忽然想起今早在路上遇见的那个女人，猜想丈夫八成去了她那儿，觉得不能这样老老实实地坐等。心里寻思：怎么办？怎么办？想着想着，竟想到无缘坂那里去瞧瞧。不记得多久以前，到藤村点心铺给孩子买他们爱吃的豆包时，曾打那里经过。阿常想：听说在裁缝家的隔壁，大概就是那儿吧？她认识那房子，格子门蛮像样的。她要到那里去看看。灯光有没有照到屋外？说话声虽低，听得见吗？无论如何也想去看看。不，不，不行。要出去，非经过女佣阿松屋旁的廊子不可。这个时候，拉门卸了下来。阿松应该还没睡，在做针线活。她要问起来，都这个时候了，上哪儿去呀？怎么回答呢？要说出去买东西，阿松该说她去好了。这样看来，不论多想去都没法偷着出去。哎呀，怎么办好呢？今儿早回家时，一心想尽快见到他，当时要是见着了，我会说些什么呢？要见着了，我这个人哪，准会前言不搭后语的。他就又来糊弄人，欺骗我。他那么精明，反正也吵不过他，索性就不吭声吧！不吭声最后又怎么了结呢？有了那样一个女人，我怎么着他都不会放在心上的。怎么办？怎么办？

她翻来覆去琢磨这些事，不知有多少次，想想又转到开头的地方。不知不觉地，脑子糊涂起来，什么都弄不清楚了。跟丈夫吵是吵不过他的，只好作罢，这一点她倒是拿定了主意。

正在这时，末造进来了。阿常故意摆弄团扇柄，一声不响。

“咦？脸子又变了？怎么啦？”即使太太没照平时那样说句“您回来啦”，末造也没生气，因为他正高兴。

阿常还是不作声。她本不想吵架，可是见到丈夫回来，就不由得心头火起，怎么也压不住。

“又胡思乱想什么？算了算了。”末造说着，手按在太太肩膀上摇了摇，便坐到自己的铺上。

“我在想我该怎么办呢。要回去也没地方可回，又有孩子在。”

“你说什么？你想怎么办？用不着怎么办不也挺好吗？天下本无事嘛。”

“那是您吧，能说这种宽心话？只要我有了法子，可不就什么都挺好的嘛！”

“真可笑，什么有了法子的！用不着想什么法子，这样就挺好。”

“别糊弄人了。有没有我这个人都一样，反正你也不把我当回事。对了，不是有没有我，是没有我才好呢！”

“你这是闹别扭说气话。没有你才好？那就大错特错了。没有你才叫糟糕呢！就算光照顾孩子，你也是挑大梁唱主角呀。”

“回头再来个漂亮妈妈照顾呗，虽说成了没娘的孩子。”

“真不懂你的意思。父母双双都在，哪会成没娘的孩子？”

“可不是，准保是这样。瞧，多得意呀！打算一直这样下去是不是？”

“那还用说！”

“是吗？给美人儿和丑婆娘一人一把洋伞。”

“咦？什么呀，你说的？是演滑稽戏吗？”

“是呀，反正演正戏也没我的份。”

“与其演滑稽戏，还是说点正经的吧。你说的洋伞究竟是怎么回事儿？”

“别装糊涂了。”

“怎么是装糊涂呢？一点也不明白。”

“那好，我说。前些时候你从横滨买回一把洋伞是不是？”

“那又怎样？”

“那把伞不光给我一个人买的吧？”

“不光给你一人买，还会给谁买呢？”

“不对，不是这么回事吧？那是给无缘坂那个女人买的，一时心血来潮，顺便给我也捎了一把，对不对？”才提起洋伞的事，这么具体一说，阿常越发觉得窝囊透顶。

末造心里一惊，真叫她说中了！但他马上装出惊讶的神气：“简直是胡说八道。怎么，你是说吉田的那个女人拿的伞，同给你买的那把一样，是吗？”

“买的是同样的伞，拿的当然也是同样的啦。”老婆声音尖厉起来。

“原来这么回事，真叫我想不到。你算了吧。不错，我在横滨给你买的时候，说只是样品，可是到了现在，银座一带肯定到处都在卖。戏文里也常有这类事，实在是冤枉好人哪。后来怎么样？在什么地方遇见吉田的那个女人了吗？知道得很详细嘛。”

“当然知道啦，这一带没人不知。大美人嘛！”老婆恨恨地说。以前，末造一装傻，她就信以为真。而这次，因为有种强烈的直觉，事情历历如在眼前，所以对末造的话就怎么也没法相信。

末造一方面在沉吟：她们怎么会遇见的？说话了没有？这种场合若是刨根问底，反而不妙，就故意不再追问。

“什么大美人！那就算美人吗？一张脸出奇地平！”

阿常没有言语。可是丈夫的话，挑了那可恨女人脸的毛病，她禁不住感到几分快意。

这晚，夫妇两人又是一番唇枪舌剑，然后又言归于好。但扎在阿常心头上的刺，仍未能拔除，余痛尚在。

十五

末造家里的气氛，一天天地沉重。阿常时时惘然望着空中，什么事也不做。每逢那时，孩子照顾不了，事也做不成。孩子要什么东西，她张口便骂。等骂完了回过神来，又去哄孩子，或是一个人暗泣。女佣问她做什么菜，她也不回答，要么就说：“随便。”末造的孩子在学校里，同学说他们是“放印子钱的孩子”，不和他们玩。末造爱干净，要老婆把孩子收拾得格外齐整。可是现在，孩子在街上玩，头上都是土，衣服都开了线。女佣嘴上说：“太太这样子可不成。”却像劣马偷懒吃路边草一样，也甩手不干活儿，任凭碗橱里的菜肴馊掉或蔬菜放干。

末造喜欢家事井井有条，看到这种情景心里有说不出的难受。他知道，造成这局面的罪魁祸首是自己，所以不能埋怨别人。再说即便要埋怨，也是在谈笑之间轻描淡写地说说，让对方反躬自省，他很得意这一手。现在看来，这种谈笑风生的态度，反更惹老婆不高兴。

末造不动声色地观察妻子，结果有个意外的发现。丈夫在家时，阿常不同寻常的举止会变本加厉，一旦不在家，反倒常常很清醒，忙着做家务事。听了孩子和女佣的话，末造知道这情形，开头感到吃惊，但他头脑灵活，再三思索：她对我心怀不满，故而一见了面，老毛病就发作。本来是不想叫她以为丈夫要把她怎么样，对她薄情寡义，或者更加冷淡，不承想我待在家里她反而不高兴，好比给病人吃药，病倒更重了一样。没有比这更无奈的了，往后反其道而行之，再试试看吧。

于是末造开始早出晚归，结果更糟。早走时，老婆起初只是惊讶，光瞧着不出声。头一次晚回来，老婆与平时赌气闹别扭不同，似乎已忍无可忍，诘问道："这一整天，您到哪儿去啦？"接着便号啕大哭。第二次正想早点出门，老婆说："您这是要上哪儿？"硬拦住末造不让走。若告诉她去什么地方，便说你撒谎。末造不理她，硬要出门，就说："等等，有事要去问一下，就一会儿。"但她抓住末造的衣服不松手，或是挡在门口不让走，也不怕女佣见笑。末造的脾气是，多不称心的事照旧心平气和，绝不动粗。然而，为挣脱老婆的纠缠，却把她摔到了地上，正在这丢人现眼的节骨眼上，给女佣撞见了。这样，末造只好老老实实待在家里，问她"好吧，到底什么事"，要么"您到底想把我怎么样"，要么"这样下去，如何才是个了结"，都是一朝一夕解决不了的难题。总之，末造想用早出晚归一招，对症下药治妻子的病，结果毫无成效。

末造转念又想：我待在家里她不高兴，不待在家里又硬留，看起来她是有意要我留在家里，成心自寻烦恼。接着他想起一件事来：先前住在和泉桥时借钱给学生，其中有个姓猪饲的，穿着一点不讲究，赤脚趿拉一双木屐，走路时左肩膀耸起三四寸高。那家伙赖着不肯还钱，欠条也不打，到处躲债。可是有一天，在青石横町的拐角碰上了。问他：“到哪儿去？”他说：“去前面柔道先生那里。那事儿等改日吧。”说完就溜了。我装作与他分手的样子，然后偷偷回到原处，站在拐角看他的去向。猪饲进了伊予纹料理店。我看清之后，到广小路办完事，过了一会儿便闯进伊予纹。猪饲那家伙确实吃惊不小，但马上恢复他豪爽的天性，叫两个艺伎硬把我拉到乱哄哄的酒席上，说道：“废话不多说，今儿个请赏脸喝一盅。”于是向我灌酒。那是我头一次在酒席上见到艺伎，其中有个艺伎好气派，听说叫阿俊。她喝得醉醺醺的，坐在猪饲面前，不知为什么事不高兴，开始撒酒疯。她的话我一声不响地听着，现在还没忘：“猪饲先生，您装得好像挺厉害的，可您哪，顶胆小啦。告诉您吧，女人这东西，男人得不时地揍她，要不这样，女人就不会喜欢他。您就好好记住吧！”不限于艺伎，也许女人都这样。近来，阿常这娘儿们把我拴在身边，却总拉着脸跟我作对。表面上看，是想要我把她怎么着，其实是要我揍她。不错，她是想挨揍，准是这么回事儿。阿常这娘儿们，这些年来也没给她吃过什么好的，一味叫她像牛马一样干活儿，变得像头畜生，没了女人味。自从搬家以后，使唤上用人，给人喊作“太太”，过上人样的生活，她开始一点一点恢复寻常女人的天性。于是就像阿俊说的，希望有人揍她。

那么我怎么样呢？没发财之前，别人说什么全不在意。连乳臭未干的两岁小儿，也称他老爷，给他鞠躬。哪怕被人踩、挨人踢，只要钱上不吃亏就行，这是我的处世之道。每天每日，不论去什么地方，也不论在什么人面前，都得像蜘蛛一样俯伏在地。同世上那帮家伙打交道后方知，对上司低三下四的人，准把气出在下属身上，拣老实的欺负，喝醉酒便打老婆孩子。我没有上司，也没有下属。我只匍匐在能让我发财的人面前。否则，不管是谁，有他没他都一样，压根儿不把他当回事，撇在一边不理他。打人之类，才不多此一举找这麻烦，白费那份力气，还不如算算利息呢。对待老婆也同样。

阿常这娘儿们想要我揍她，很遗憾，唯有这个我办不到，只好对她不起了。对债务人，好比挤柚子，汁可以榨干，可谁也不能打。末造心里就这些事。

十六

无缘坂上的行人多了起来。到了九月，大学开学了，回家乡的学生一时又都回到本乡一带的公寓里。

虽说早晚凉爽起来，但有时中午的太阳还热辣辣的。小玉家搬来时刚换的青竹帘子倒没褪色，也是因为挂在窗外竹格子的内侧，从上到下严严实实，没有一丝缝隙的缘故。小玉百无聊赖，靠着柱子坐在窗内，茫然瞧着窗外。柱子上挂着扇子插，里面插了几把晓斋、是真等人画的团扇。三点一过，三五成群的学生从门前走过。每逢那时，隔壁裁缝家那帮姑娘，便像小鸟一般，叽叽喳喳个不停，引得小玉也留心去看，经过的究竟是什么人。

那时的学生，十之七八具有壮士气概，也有少数绅士型的，大抵是即将毕业的人。一些长得俊的小白脸，轻浮浅薄，自命不凡的样子，令人没好感。其中或许也有学问好的，但在女人眼里显得很粗鄙，不讨人喜欢。尽管如此，窗外走过的学生，小玉每天都无心地望望。终于有一天，她感到心里似乎有什么东西在萌生。猛然一惊，宛如潜意识中结的胎，成形之后，突然跳了出来，她给自己的想象吓住了。

小玉当初除了想让父亲享享福，没有任何别的念头。勉强说服了固执的父亲，做了人家的外室，只当成一种不得已的堕落，在利他的行为中求得一份心安。可是，等得知自己托付终身的人，她的夫君，偏偏是个放高利贷的，这时生米已经煮成了熟饭。她独个儿无法排遣胸中的苦闷，想向父亲倾诉一下，让父亲为自己分忧。怀着这种心思，到池之端去找父亲，目睹了那平稳安逸的生活，便无论如何也不忍心向老人手中的杯里倒进一滴毒汁。她打定主意，纵然苦闷到极点，也要独自吞下这枚苦果，深藏在自己心里。平生只知依靠别人的小玉，此时便决意要自强自立。

从这时起，小玉开始静静地审视自己的一言一行。末造来了，不再像从前那样心无芥蒂，真情相待，而是留个心眼。这中间，她另一颗真心，离开躯壳，退到一旁观看。那颗真心既嘲笑末造，也嘲笑听凭末造摆布的自己。小玉发现了这一点，不禁悚然。然而，随着时间的流逝，小玉已经习惯了，感到自己的心没法不变成那样。

到了后来，小玉待末造越来越好，可是她的心离末造却越来越远。末造对她的照顾，她并不觉得有什么值得感谢的；末造为她做的一切，她虽不领情，可也不觉得有什么歉疚。而且，自己固然没受过教育，身无一技之长，但是，变成末造的玩物，终究心有不甘。看到窗外来来往往的学生，她终于心里在想：难道其中就没个可靠的人，能把自己从眼前的境遇中救出去吗？她蓦地从幻想中清醒过来，自己竟会有这种想头，不禁猛然一惊。

这时，冈田同小玉相识了。对小玉来说，冈田不过是窗外经过的一个学生罢了。但小玉发现，他虽然是个堂堂的美男子，态度上倒不高傲自大、装腔作势，为人好像挺随和，不觉心生爱慕。此后每天向窗外张望时，小玉不禁私下在盼望：他会不会经过呢？

那时还不知他姓甚名谁，住在什么地方，只因时时见面，小玉对他自然而然有种亲切感。于是有一天，自己忽然朝他一笑，那是一刹那的事，是精神上一时的松懈、抑制力麻木的结果。小玉性情稳重，根本不会有那种心：明知自己在单相思，成心向对方示意。

冈田初次摘下帽子向她点头时，小玉心里怦怦直跳，自己都觉得脸红了。女人的直觉是敏锐的。她知道，冈田摘帽子的举动，显然是无意的，并不是有心那么做。这样，隔着窗棂，朦胧而无言的交往进入了一个新的êpoque（时代），她高兴得不得了，在心里反复描摹着冈田当时的样子。

做人家外室的，按常理说就有人保护了，可是她们也有难为人知的苦楚。一个青天白日，小玉门口来了一个三十来岁的汉子，反穿一件印有太阳标记的号衣，说他是下总人，要回老家，脚上有伤走不了路，叫她施舍点钱。小玉于是用纸包了一角银币，让小梅拿出去。汉子打开一看："一角钱？"说着咧嘴一笑，"八成是看错了吧？你们就没打听打听！"说完把钱一扔。

小梅脸涨得通红，捡了钱便进到屋里，那汉子也大模大样跟着进了屋，坐到火盆对面，小玉正往里添炭。他东拉西扯，胡说八道，大言不惭，讲他蹲监狱如何如何，正以为他要撒野，一下子又诉起苦来。满嘴的酒气，熏得人直恶心。

小玉吓得要哭，拼命忍住了，拿出两张五角纸币，那时正通用这种纸牌大小的蓝色纸币，当着他的面用纸包好递过去。想不到他倒还算知足："两个半拉也成。大姐，你到底是明白人。准能有出息。"说罢，七倒八歪地走了出去。

出了这样的事，小玉感到无依无靠，忐忑不安，想到"远亲不如近邻"，以后凡是烧了什么稀罕菜，便打发小梅给住在右首的单身裁缝师傅送过去。

那女裁缝叫阿贞，已经四十出头，长得白白净净，显得挺年轻的。原先在前田家里做活，一直做到三十岁，据说结过婚，没多久丈夫就死了。阿贞说话很有教养，写得一手御家流的好字。小玉说想学书法，阿贞就把字帖之类借给她。

有一天，阿贞从后门进来，为前一天送她的东西向小玉道谢。站着说话的工夫，阿贞说：“您跟冈田先生认识吧？”

那时小玉还不知道他叫冈田。从话里，她知道裁缝师傅说的就是那位学生，阿贞说这话，准是看见冈田向自己点头了。尽管不愿意，在这种场合，也得装作认识的样子。这些念头宛如电光石火，从心头一掠而过。为了不让阿贞看出一点迟疑的痕迹，小玉赶紧应声道：

“嗯。”

“听说是位极正派的人，人品非常好。”阿贞说。

“您好像很了解他。”小玉爹着胆子说了一句。

“上条的老板娘说，公寓里住了那么多学生，像他那样的人再也找不出第二个来。”阿贞说完便回去了。

小玉觉得像在夸自己一样，嘴里不断地念叨“上条，冈田”。

十七

随着日子一天天过去，末造到小玉这儿来的次数非但没少，反而更多了。除了像以前那样晚上准来之外，说不定大白天什么时候，偶尔也会过来。要问为什么，那是因为他老婆阿常纠缠不休，总要他拿出个办法来，便临时躲到无缘坂来。每逢那时，末造若说："怎么着，照从前那样就成。"阿常便要他非得怎么着不可，然后便抱怨娘家回不去，孩子又舍不得，自己上了年纪等，摆上一堆眼下的生活不能有一点改变的口实。尽管如此，末造还是反复说："无须怎么着，什么都用不着做。"这工夫，阿常的火气就上来了，他对她一点办法也没有，这样一来末造只有逃出家门。末造对什么事都爱认死理，像做算术一样，所以阿常说的话，他觉得不可思议。就像有个人站在屋里，屋子一面是敞开的大门，三面挡着墙壁，那人背对着门，说无路可走，他却看着她在那里彷徨苦闷。门不是敞开的吗？为什么不回头看看呢？除了这样告诉她之外，还能说什么呢？阿常的境况比从前舒适得多，对她一点没压制、克扣、牵制。不错，无缘坂那里新近的确弄了个人。可是，自己并没像天下别的男人那样，因此就冷淡了老婆，或是苛待了她。而正相反，他比从前待她更温和、更宽容。他觉得，大门不是依然敞着吗？

当然，末造的这种想法里，有他一厢情愿的地方。为什么呢？纵然在物质上对老婆还和从前一样，说话的态度上，也没有两样，但是，如今有了小玉这个人，却还想叫阿常认为和从前没有小玉时一样，那要求就未免太过分了。就阿常而言，小玉不就是她的眼中钉、肉中刺吗？末造不是一点也不想把刺拔掉，好让阿常放心吗？阿常本来就是不可理喻的女人，所以她弄不清楚这个道理。末造所谓的大门，对阿常来说，并没敞开。能让阿常现在放心，日后有盼头的大门上，正罩着一层浓重的黑影。

一天，两人吵架，末造又离开家。是上午十点多钟的时候，末造心想，上无缘坂去吧。不巧女佣领着小的那个孩子正在七轩町那里，便故意穿过新开路，漫无目的地从天神町朝五轩町匆匆赶过去，嘴里不时嘟哝着“畜生”“臭婆娘”一类骂人话。快上昌平桥的时候，对面走来一个艺伎。末造觉得有点像小玉，等到擦肩而过时一看，长了一脸雀斑，不由得想：“毕竟还是小玉长得俊啊！”心里感到畅快和满意，便在桥上站了一会儿，望着艺伎的背影。雀斑艺伎的身影隐没在讲武所那条小巷里。

当年眼镜桥还是个十分新奇的景观，末造从桥下慢慢朝柳原走去。河畔柳树下，撑开一把大伞，有个男子正教十二三个女孩子跳住吉舞，四周一如往常围了许多看热闹的。末造刚停下脚步看跳舞，一个穿号衣的男子便像要挨上来，他连忙闪开身子，警觉地一回头，那男子的目光才碰上末造，人就转身溜走了。“怎么搞的，太迟钝了。”末造一边想，一边将拢在袖子里的手伸进怀里摸了摸。幸好，什么也没掏走，实际上是扒手不机灵。因为夫妻吵架，末造的神经绷得很紧，平时不注意的事都能特别引起注意。感觉本来就敏锐，这时变得越发机警。扒手刚打算动手，末造自己先觉察到了。末造善于自制，一向很得意。每逢这种日子，末造多少放松一点自己，只不过一般人不知道罢了。如果有个感觉敏锐的人，仔细观察的话，就会发现：末造比平时要能言善辩，无论是照顾别人，抑或是说什么亲切的话，言行之间，总有些慌张不自然的地方。

他以为从家里出来已经很久了，便沿着河畔往回走，一边拿出怀表来，一看才十一点。离家还不到半小时！

末造旋又信步从淡路町往神保町方向走去，做出仿佛突然想起什么急事的样子。快到今川小路那里，当时有一家打着“御茶渍”招牌的小店。花二十个铜板就能吃顿饭，酱菜之外，还有茶水。末造知道这家店，打算顺便去吃中饭，但时间还早了一些。经过店前，朝右拐，到了俎桥前面的大街。这条街不像现在这么宽，一直通到骏河台下。原先跟个口袋差不多，拐到方才末造来的方向便到头了，从那里起路面收窄，医大学生取名叫“虫状突起”。这条小路经过一个神社，神社的柱子上刻着山冈铁舟的字。因为俎桥前的这条大街像条口袋，便譬喻成盲肠。

末造过了俎桥。桥右侧有家鸟店，店里百鸟齐鸣，热闹非凡。末造站在店前瞧着高高挂在屋檐下的鸟笼子，笼子里有鹦鹉和八哥，下面摆着的是白鸽和朝鲜鸽。然后末造把目光移向屋内叠置的鸟笼，笼子里有叫的，有转圈飞的，这些小东西叫的声音最响，也煞是活泼可爱。其中笼子最多也最热闹的，是明黄色的外国金丝雀。再仔细一看，有一种颜色很深只一点大的红雀，很吸引末造。末造忽然觉得，买回去给小玉养倒不错。卖鸟的老汉似乎不大愿意卖，末造问过价钱，买了一对。付完钱，老汉问他如何带回去。末造说：“不是连笼子一起卖的吗？”回答说：“不是。”最后又买了一只笼子，让老汉把红雀装进笼子里。一只满是皱纹的手伸进装着几只小鸟的笼子里，粗手粗脚地抓出两只放进空笼里。老汉问他能分出雌雄吗？他勉勉强强“嗯”了一声。

末造提着红雀笼踅回俎桥。这回步履从容，不时提起笼子看看里面的小鸟。因吵架跑出来的郁闷心情，就像洗过一样烟消云散了。平时他深藏不露的温和的心，又浮出水面。笼中的小鸟害怕笼子晃动，紧紧抓住栖木，缩起翅膀，身子一动也不动。末造每回看都想：赶快带回无缘坂，挂到窗户上才好。

经过今川小路时，末造进了那家茶泡饭小店，吃了一顿午饭。在女佣拿来的黑漆餐盘对面，放着红雀笼子，他眼睛看着可爱的小鸟，心里想着可爱的小玉。小店的茶泡饭本淡而无味，末造却吃得津津有味。

十八

没想到末造给小玉买的红雀，倒成了小玉和冈田交谈的机缘。因为讲起这件事，不由得使我想起那一年的气候。当年父亲还在世，我们家就在北千住，家里后院种了秋草。星期六，我从上条公寓回家，见父亲买了很多矮竹条，说是二百十日[1]快到了，要给女郎花和泽兰之类一株株支上竹条扎起来。然而，二百十日平安无事地过去了。后来又说二百二十日危险，结果也什么事都没有。那阵子，天上乌云弥漫，似乎要变天，有时候闷热难当，以为又回到了夏天。东南风好像要越刮越猛，不料又停息了。父亲说二百十日变成了“细水长流”。

1　从立春算起第二百一十天，在9月1日前后，常刮台风，日本农村视为厄日。

一个星期天的傍晚，我从北千住回到上条。学生都上街了，公寓里鸦雀无声。我进了自己房间，坐着发愣，原以为谁都不在，隔壁房间忽然响起擦火柴的声音。我正闷得慌，立即问道：

“冈田，在屋吗？”

“嗯。”应了一声，不知怎么这声音好像很生分。我和冈田处得很熟，彼此都用不着客气，但他这一声有些反常。

我心里暗忖：我在这边出神，冈田似乎也在那边发愣。不会是想什么心事吧？这样一来，我倒想看看他是副什么模样。于是我又开口问：“喂，我过去打扰一下行吗？”“真不凑巧。其实刚才一回来就在这儿发愣。这时你回来了，弄得咕咚咕咚响，这才勉强点上灯。”这回声音倒还清朗。

我到了走廊，拉开冈田屋子的纸门。冈田屋里正对铁门的窗子开着，冈田支肘坐在桌前，望着黑暗的窗外。窗上竖着钉了铁栅栏，窗外的两三棵罗汉柏蒙着一层尘土。

冈田回过身来说道：“今天闷热得出奇。我这屋里有两三只蚊子，讨厌得很。”

我盘腿坐在桌子的横头，说：“可不是嘛。我父亲说，这是二百十日细水长流。”

“嗯。二百十日细水长流，倒蛮有趣。不错，也许是这么回事。我还在想呢，这天一会儿阴一会儿晴，到底要不要出去。结果躺了一上午，看你借我的《金瓶梅》。脑子晕乎乎的，吃了中饭便出去散步，遇见一件奇事。”冈田没看我，脸冲着窗外说。

“什么事？”

“打蛇。”冈田把脸转向我，说道。

“打蛇救美吗？”

“不是。救的是小鸟，不过与美人儿也有关。”

“这倒有趣。说给我听听。”

十九

冈田讲了这样一件事：

天上乱云翻滚，狂风猛刮不休，一忽儿把街上刮得尘土飞扬，一忽儿又平息下来。刚过中午，冈田看了半天中国小说，看得头昏脑涨，便走出上条公寓，习惯性地朝无缘坂拐去。脑子里昏昏沉沉的。中国小说大体上都差不多，《金瓶梅》每看上一二十页，刚觉得有点平实的叙事，却又写些粗俗下流的东西，好像成了规矩。

“因为刚看过那种书，我想，当时走在路上表情一定很怪。”冈田说。

过了一会儿，走到右侧岩崎家的石墙，开始下坡，发现左侧聚了许多人，正在他平日经过时格外注意的那户人家前面。聚在那儿的都是些女人，有十来个吧。大部分是小姑娘，像小鸟儿一样，七嘴八舌地在议论些什么。冈田不知是什么事，还没等他生好奇心想去弄清原委，刚才走在路中间的两只脚，竟朝那边迈出两三步去。

在场的女人把目光都盯在一处。冈田循着她们的目光，发现了混乱的源头：原来是挂在那家格子窗上面的鸟笼子。也难怪那帮姑娘大惊小怪的，冈田看到笼里的情形也吓了一跳：小鸟吧嗒吧嗒地拍打翅膀，一边叫，一边在狭小的笼子里扑腾。冈田心想，是什么东西让小鸟这么惊恐？仔细一看，是一条大蛇脑袋钻进了笼子，像楔子一样夹在细竹棍之间，笼子看上去还没坏。蛇弄开与身子一样大小的笼子门，脑袋钻了进去。冈田想看清楚些，又朝前走了两步，站在一排小姑娘的身后。小姑娘们像商量好了一样，给冈田让出一条路，把他当成救星请到前面。冈田这时又新发现一件事：小鸟不是一只，除了扑腾着翅膀到处逃的那只，还有一只同样毛色的小鸟给衔在了蛇嘴里。一边的翅膀整个给咬住，也许是吓死的，另一边翅膀耷拉着，身子软瘫得像棉花。

这时，有个比她们大一点的女人，像是这家的主人，客气地忙问冈田能不能想法子把蛇弄掉。“她们各位都是到隔壁来学做活的，全出来了，可是女人家，谁也不敢。”女人又补充道。其中有个小姑娘说：“这位太太听见笼子里有扑腾声，开门一看，见是蛇，吓得大叫，我们丢下手里的活儿，都跑了过来。实在是谁都没办法。师傅还在屋里，就算在场，年纪大了也不顶事。”

讲这件事的时候，冈田说：“那家的女主人还是个出色的美人哩。”可是他没说原先就认识，是那个每次经过门前都向她点头的女人。

冈田回答之前，先到笼子下面打量一番蛇的样子。笼子挂在窗户上，靠近隔壁裁缝师傅家，蛇从两家的中间沿着房檐爬出来，冲着鸟笼子一头钻了进去。蛇身子像搭在绳子上似的，爬过房檐的横梁，尾巴还藏在犄角的柱子顶上。是一条相当长的大蛇，大概是在草木繁茂的加贺邸的什么地方待着，因为这阵子气压变化大，出来四处窜，才发现笼子里的鸟。冈田也有点迟疑，怎么办呢？难怪这些女孩子家无从下手。

“有刀没有？”冈田问。女主人吩咐一个小姑娘：“去厨房拿把刀来。”小姑娘看来是用人。跟师傅家学裁缝的其他姑娘一样，穿着单和服，系了一条紫色毛料缝的吊袖带。小姑娘大概不愿意拿她的切菜刀斩蛇，眼神里带着不满的神色看着女主人。“不要紧，回头给你买把新的来。”太太说。小姑娘似乎同意了，跑进屋里拿出一把厚刃尖刀来。

冈田好像等不及的样子，接过刀，脱下脚上的木屐，一只脚踩在窗台上，左手攀住房檐上的横梁。冈田知道，刀虽新但并不锋利，所以不能一刀就完事。他先用刀把蛇身压在横梁上，来回拉了两三下。刀切在蛇鳞上，手上的感觉就像拉玻璃似的。这时，蛇已经把衔住翅膀的鸟头拖到嘴旁，身子虽受重伤，波浪般地蠕动，却既不想把口中的猎物吐出，也不想把脑袋从笼子里抽回。冈田手不松劲，又来回拉了五六刀，钝刀像在砧板上切肉一样，终于把蛇切成两截。蛇还在蠕动的下半截，啪的一声，掉在檐下种着麦门冬的地方。接着，爬在窗楣上的上半截也耷拉下来，脑袋还插在笼子里。笼子上的竹篾条，弯得像弓却没断，吞下半只鸟的蛇头撑得很大，卡在中间拔不出来。上半截吊在笼子上，坠得笼子歪成四十五度角。笼子里还活着的那只小鸟，居然没累垮，仍旧扑腾着翅膀撞来撞去。

冈田手松开横梁，跳了下来。女孩子家一直屏气看着，有两三个姑娘看到此处便回到裁缝师傅家。“笼子得摘下来，把蛇头去掉。”冈田看着女主人说。可是，笼子上吊着半截蛇，黑血从刀口那里滴答滴答滴到窗台上。所以女主人和小丫头谁都不敢进屋，把吊鸟笼的麻绳解开。

正在这时，有人大喊一声：“我给您把笼子摘下来吧？”大伙儿一齐把目光转了过去，说话的是酒店的小伙计。星期天的下午，冷冷清清的无缘坂上没有行人，冈田打蛇时，只有这个小伙计一人经过，提着麻绳拴着的酒壶和账本，站在一旁看热闹。这时，蛇的下半截落在麦门冬上，小伙计扔下酒壶和账本，马上捡块小石头，盯着还没死透的蛇，砸一下，蛇下半截就像波浪似的动一动。“那就麻烦你啦，小伙计。”女主人求他道。小女佣从格子门把小伙计领进屋里。不大一会儿，小伙计出现在窗口，登上放着万年青花盆的窗台，尽量伸长身子，从钉子上解开吊笼子的麻绳。女佣不肯接，小伙计拿着笼子跳下窗台，从门口走到外面。

小伙计傲慢地提醒身后的女佣说：“笼子我拿着，你得把血擦干净，都滴到席子上了。”“真的，得赶快擦掉。”女主人说。女佣踅回格子门内。

冈田看了看小伙计拿出来的笼子，一只小鸟蹲在栖木上，瑟瑟发抖。被咬住的那只，大半个身子在蛇嘴里。蛇身虽给斩成两截，直到最后那一刻，那死蛇仍想把小鸟吞到肚里。

小伙计看着冈田问道：“把蛇拿下来吗？”“嗯，还是拿下来的好。得把蛇头弄到笼子中间再抽出来，要不然，竹子没断也会给弄断的。”冈田笑着说道。小伙计顺利地把蛇头取出来，用手指拽了拽鸟尾巴，说道：“死都不松口。”

留下来的那帮学裁缝的姑娘，到了这时觉得没什么可瞧的了，一齐走回隔壁的格子门内。

“噢，我也该走了。”冈田环视一下周围说。

女主人愣在那里若有所思，听了这话，便看着冈田。她犹豫着想要说什么，眼睛看着旁边，发现冈田手上沾着一点血。“哎呀，您的手弄脏了。”说着便叫女佣端盆水到门口。冈田说这话时，没有详细说那女人的态度，但是他说：“只有小手指上沾了一点点血，我心想，真难为她，居然能看到。”

冈田洗手的时候，小伙计一直想把死鸟从蛇嘴里拽出来。“哎呀，糟糕！”小伙计大叫一声。女主人拿着叠好的新手巾站在冈田旁边，这时一手扶着敞开的格子门，向外望了一眼问道：“什么事呀，小伙计？”

小伙计摊开手掌堵着鸟笼子说：“活着的那鸟，险些从蛇脑袋钻破的窟窿里逃走。”

冈田洗完手，用女主人递过来的手巾一边擦手，一边对小伙计说：“千万别松手！”随后又对女主人说要点结实的线绳，绑上去，免得小鸟从窟窿里飞走。

女主人想了一下问道：“头绳行不行？”

“行。”冈田说。

女主人吩咐女佣把梳妆台抽屉里的头绳拿来。冈田接过去，在鸟笼上竹子折弯的地方横竖绑了好几道。

“我能尽力的也就这些了。”冈田说完便走出大门。

“实在是……”女主人似乎不知说什么好，随后跟了出来。

冈田对小伙计说：“小伙计，辛苦你一趟，顺便把蛇给扔掉好不好？”

“好吧，扔到坡下的深沟里吧。哪儿有绳子呢？”小伙计说着向周围看了看。

“有绳子，回头拿给你。你等一等。”女主人又吩咐女佣。

这时冈田说了一声“再见”，便头也不回地走下坡去。

至此事情讲完，冈田望着我说道：“喂，你说，虽说是为了美人儿，我的确做了一桩事。”

“嗯，打蛇救美，简直像传奇，有意思。不过，事情好像并没有就此结束。”我直率地说出心里想的。

“别胡说。要是没完，就不会说了。”冈田这样说，倒不像是掩饰。但是，倘若事情真结束，恐怕他心里也未尝不觉得有点可惜。

听了冈田的话，我只说了一句“像传奇”，其实我立即联想到了一点，只是藏在心里没说——冈田出门时刚看过《金瓶梅》，会不会以为遇见了潘金莲？

大学里当杂役出身的末造，如今成了放高利贷的，他的名字在学生当中无人不知。即使没借过钱，也该知道他的大名。然而，无缘坂的那个女人是末造的小老婆，倒是有人不知道，冈田就是其中之一。当时我还不大清楚那女子的为人，只知道她是末造在裁缝师傅的隔壁纳的小。区区的智慧，较之冈田毕竟有一寸之长。

二十

是请冈田打蛇当天的事。以前只是用眼神致意，今儿个能同冈田亲切地说话，小玉觉得自己的心情起了急剧的变化，连自己都惊讶。有些东西女人是想要不想买的，商店橱窗陈列着的时钟啦，戒指啦，每次经过，女人会看上几眼，却不会特意跑去看。有的事情从门前经过时，必定会瞧一瞧。想要的东西买不了，成为不可企及的事，只好死了那份心。那么，愿望与放弃便成了一回事，于是产生某种轻微而又甜蜜、不太痛楚又带点哀伤的情绪。女人把咂摸这种滋味视为乐趣。与此相反，有的东西女人想要而不得，就会感到强烈的痛苦，为此而苦恼，坐立不安。明知等上几天就能到手，但都等不及，一旦心血来潮，立即去买，哪怕酷暑严寒，夜色深沉，大雪纷飞，都在所不辞。就连那些顺手牵羊的女人也不是特别的木头刻出来的，她们只不过把想要和想买这两件事给混淆了。对小玉来说，以前冈田是她想要的，而今天变了，已变成她想买的了。

小玉想：怎样才能借救小鸟的因由，设法去接近冈田呢？起初想打发小梅送点礼，表示谢意。那么送什么好呢？买些藤村的豆沙包？那太不高明了。这么普通的事，谁都办得到。要是用碎布给他缝个靠垫，冈田先生会当成小姑娘家表示情意的玩意儿，要笑话我的。实在想不出送什么好，等想好了，再打发小梅送去吧。名片最近倒是在仲町印了，仅仅附上一张名片又有点不大甘心。附上一封信吧，那也难呀！书只念到小学就辍学了，后来再也没空练字，连封像样的信都写不成。隔壁的师傅自称在官宦人家做过事，要是求她倒也不难。可我不愿意。倒不是要写什么不可告人的事，因为信是给冈田先生的，不愿意叫别人知道。哎呀，怎么办好呢？

这好比来来回回在一条路上走一样，小玉翻来覆去思量这点事，梳洗打扮或是进厨房吩咐什么事，一时岔开能忘掉，过一会儿又想了起来。有一天末造来了，小玉一边侍候他喝酒，心里一边又合计起来。“什么事想得那么专心？”挨了末造的呲儿。“哪儿呀，人家什么都没想。”小玉若无其事地做出笑脸，心头怦怦直跳。然而，她这一项已经老练多了，心里藏着什么事，连目光锐利的末造也难以看透。末造回去后，她做了一个梦：终于买了一盒点心，赶紧打发小梅送去。但既没放张名片，也没附封信。猛地想起来，梦醒了。

到了第二天，也不知是冈田没出来散步呢，还是小玉忽略了，她恋慕的那张面孔竟没看到。隔一天，冈田照常从窗外经过，朝窗户看了一眼便走了过去，因为屋里暗，没能和小玉打照面。又隔了一天，到了冈田经过的时间，小玉拿起扫帚，在没什么灰尘的格子门内仔细打扫，除了脚上穿的一双竹皮屐外，还拿出一双低齿木屐，一会儿摆在左面，一会儿摆在右面。“哟，我来扫吧。”小梅从厨房出来说。“不用了。你去看着炖的菜，我没事，随便扫扫。”把小梅撵回厨房。这工夫，冈田刚好经过，摘下帽子点点头。小玉脸上通红，拿着扫帚愣在那里，一句话都没说出来，冈田便走了过去。小玉像扔掉烫手的火筷子似的，一把扔掉扫帚，脱下竹皮屐，赶紧进屋。

小玉在火盆边坐下来，一边拨弄火一边想：咳，我真是一个大傻瓜。以为今儿个天凉快，开着窗瞧外面，人家会奇怪，便假模假样地拿起扫帚扫地，诚心等着，真到了节骨眼上，反倒什么也说不出来。在老爷面前尽管装得难为情，只要想说，不管什么事，没有说不出的。那么，对冈田先生怎么就开不了口呢？人家那么帮忙，谢一声总是应该的。今天若不说，恐怕往后就没机会说了。想打发小梅送点礼去没做成，见了面又说不出话来，简直一点办法都没有。我当时究竟为什么不吭声呢？对了，对了，我当时的确想说话来着，只不过不知道说什么好。“冈田先生！”涎着脸招呼人家，我可做不来。那么，见了面“喂喂”地叫人，也难开这个口。这样想来，当时张皇失措，也难怪。就这么慢慢设想，还是想不出个主意来。不对，不对，想这样的事，足见我是个大傻瓜。用不着打什么招呼，干脆跑出去就行。那样一来，冈田先生准会停下脚步。只要他停下来，我就能说：“那个，上次的事，承您帮忙……”或是别的，什么都可以说。小玉一边想这些事，一边拨弄火，水壶盖在掀动，便掀开一半，让热气冒出来。

接着，是亲自说好还是派用人去好，小玉又在这两难之间踌躇起来。不久，傍晚时分，天渐渐凉爽，窗子没法再开了。扫院子，原先是天天早晨扫一次，自从那天的事以后，小梅早晚各扫一次，自己也不好再插手。小玉去洗澡的时间晚，想在半路上碰到冈田，而到坡下澡堂子的路实在太短，很难遇见。如打发用人去，不宜拖，越拖越难办。

小玉也曾一时起过这样的念头：索性死了这份心吧。从那次以后，我一直没谢过冈田先生。该谢而不谢，那是对他为我做的事表示领情。我既然领情，他心里也一定会明白。小玉认为，不要弄巧成拙，道谢反而不如这样不道谢的好。

不过，小玉是拿领情当作借口，想尽快接近他。只不过一时想不出办法来，所以每天暗自绞尽脑汁。

小玉是个要强的女人，自从给末造纳了小，周围的人当面瞧她不起，背地里羡慕她。在短短的时日里，她尝尽了做妾的苦头，也因为这样，她养成愤世嫉俗的脾气。但她本性善良，只是缺少历练，跟住在公寓里的大学生冈田接近，她开始有自惭形秽之感。

在一个秋高气爽的日子，小玉打开窗户。那次，好不容易能同冈田亲切地说句话，递手巾给他，却最终也没能进一步接近；现在，经历过这些事，即使又见面，还不是跟什么事都没发生一样。所以，小玉心里非常焦急。

即使末造来了，隔着方火盆，对面坐着说话的时候，小玉心里也会想，要是冈田先生多好。起初每逢这样想，她还责备自己没廉耻。然而，慢慢就满不在乎了，心里只是想着冈田，嘴上附和着末造。到了后来，任凭末造为所欲为，自己则闭起眼睛一心想着冈田。她时常梦想着与冈田在一起。没有繁文缛节，无头无尾，两人就在一起了。刚觉得“啊，真开心”，对方竟不是冈田，变成末造了。她速然惊醒，而后便兴奋得睡不着，有时会急得哭起来。

不知不觉到了十一月。一连几天都是小阳春天气，开着窗也不会惹人注意，小玉几乎又能天天看见冈田了。头些日子冷雨连绵，有时两三天见不到冈田的面，小玉便心情郁闷。尽管如此，小玉性情温婉，不会拿小梅出气。何况她也绝不愿意叫末造看出自己不高兴。逢到这时，不过是胳膊肘支在火盆边上，一声不响地发愣而已。小梅仅问一声："是哪儿不舒服吗？"这几天因为天天能见到冈田的面，难得她高兴起来。一天早晨，她比平日更加愉快，便出门上池之端父亲家玩去了。

小玉每星期准去看望父亲一次。每次都没有待过一个钟头以上，因为父亲不让她多待。每次去，父亲都特别亲热。有好吃的全拿出来，还沏上茶。吃过喝过，便立即催她回去。这不是老人性子急的缘故，因为他觉得，既然叫女儿去服侍人，要是由着性儿把她留在自己这儿，就太对不住人家。小玉第二次还是第三次来父亲这儿的时候，说上午老爷绝不会去，稍微再多待会儿也不要紧。父亲硬是没允许，说道："不错，前两次他是没去。但说不准什么时候，万一有事去了呢？如跟老爷打过招呼又当别论，像这样出来买东西，顺路弯一下，怎么能多待呢？老爷若以为你到什么地方闲逛，岂不就麻烦了吗？"

要是父亲知道了末造是做什么的，心里会不会难过呢？小玉一直提心吊胆，每次来，都要察言观色，父亲像是毫不知情。这也难怪，父亲自从搬到池之端，没过多久就开始租书来看，大白天里，总是戴副老花镜看租来的书。他只看历史小说和评书话本的手抄本。这些日子看的是《三河后风土记》，因为册数多，所以父亲说，眼下这些书足够他消遣的。租书铺的向他推荐传奇小说，他说，写的都是瞎编的故事吧？他碰都不碰。晚上，说是眼睛看累了，不看书到书场去。在书场里，他不管说的是真事还是胡编的，单口相声听，说书也听。广小路的书场主要说评书，没有他特别中意的人出场一般不去。他的娱乐仅止于这些，他不同别人闲聊，没什么朋友。因此，有关末造的身世，也就没人去刺探。

话虽如此，附近也有包打听：常去老人家的漂亮女人是什么人？居然也给他们打听出来，是放高利贷的小老婆。要是左邻右舍爱传闲话，不论老爷子多拘谨，免不了会听到些风言风语，幸好一边的邻居是博物馆的职员，性喜字帖，专心于临摹；而另一边的邻居，现在已经很少有这种人了，是木板印刷的刻版师，人也刻板到绝不为多赚钱而改行刻图章。这样，无须担心左右邻居会破坏老爷子心中的平静。同一排房子当中，开店做生意的，当时有荞麦面馆莲玉庵和煎饼铺，再往前快到广小路拐角，是卖梳子的十三屋，此外再没有别的店了。

老爷子仅凭开格子门的动作，轻轻脱木屐的声音，不用听到温柔的喊声，就知道是小玉来了。于是他放下读了半截的《三河后风土记》，等她进屋。摘下眼镜，能见到可爱的女儿，对老爷子来说，这一天就像是过节。女儿来了，他准把眼镜摘了。戴眼镜当然看得更清楚，可老爷子总觉得隔着一层玻璃，不过瘾。平日他存了许多话要跟女儿说，说着说着有些话就忘了，等女儿走了才想起来。但是唯有“老爷身体好吗？”这句给末造问好的话，他不会忘。

小玉看到父亲今儿个挺开心，便叫父亲讲阿茶夫人的故事，又说广小路上新开了一家大千住的分店，买来一盒糯米脆饼孝敬父亲。父亲不时地问："还不回去，行吗？"小玉笑道："不碍事的。"一直玩到快晌午了。小玉心里寻思着：末造这些天常常出其不意地过来，要是把这事告诉父亲，"还不回去，行吗？"这话该催得更紧了。日后倘若做下丢人的事，末造不在家的时候，就不好过来了。不过，她已不去操心这些事了。

二十一

天气渐渐冷了起来。小玉家的水池前面，只有木屐踩着的地方才在土里垫块木板，木板上结了一层白白的晨霜。深水井上的长吊绳冰冷冰冷的，小玉心疼小梅，给她买了一副手套。小梅觉得，一次次戴上脱下，在厨房做活不方便，一直把手套珍重地收起，仍旧光着手打水。洗衣服、涮抹布，小玉都叫她用热水，小梅的手慢慢地还是粗糙起来。小玉惦记她的手，便说道："不论做什么，手湿了不管可不好。手从水里拿出来后得马上擦干。活儿做完，别忘了用香皂洗洗手。"甚至还买了一块香皂给她。小梅的手最后还是变粗糙了，小玉挺心疼她的。自己从前也做过这些活儿，可是没像小梅的手那么粗糙，心里挺奇怪的。

小玉一向是醒了便起床，近来只要小梅说："今儿早上水池子结冰了，您再躺会儿吧。”她就躺在被窝里。教育家告诫青年，为了避免胡思乱想，上床后不可不马上入睡，睡醒后不可不立即起床。身体血气方刚，躺在热被窝里，恰如毒花在火中燃烧一样，会萌生出种种幻象来。小玉这时的想象也相当放肆，眼睛精光发亮，眼睑和脸蛋像吃醉了酒一样涨得通红。

头天晚上，夜空如洗，星光灿烂。是晓霜铺地那天的事。小玉在被窝里躺了好半天，近来总觉得打不起精神，小梅早将挡雨板打开，看到朝阳从窗户射进来，小玉这才起床。她系了一条细腰带，披着棉罩衣，站在廊子上用牙签剔牙。这当口，这格子门哗啦一下打开了。“您来啦。”是小梅殷勤的招呼声。接着便是进屋的声音。

“呀，睡懒觉啦！”是末造，说着便在火盆前坐了下来。

“哎呀，真对不住。怎么这样早呀？”小玉赶紧扔掉嘴里的牙签，把唾沫吐进桶里，脸上红扑扑地带着笑，末造看在眼里，觉得从来都没这么美。小玉自从搬到无缘坂后，一天比一天美。起先有种女儿家的楚楚可怜，让人动心，现在变成一种媚人的风韵。末造看到这一变化，认为小玉懂得了风情，是自己造就了她，感到很得意。末造的眼光锐利，历来什么事都能看穿，可笑的是，对他所爱的这个女人的心思，这回可看走了眼。开头小玉本来一心一意地服侍她的夫主，由于身世急剧变化，她烦闷过、自省过，结果是，哪怕骂她不要脸她也心甘情愿。世上的女人经历男人多了，最后只落得一颗冷漠的心，小玉的心也同样变得冷漠了。为这样一颗心所拨弄，末造觉得是种刺激，感到愉悦。而且，小玉变得不怕羞耻，性格也一点一点放荡起来。末造感到，小玉的放荡挑起自己的欲念，越发为她着迷。所有这些变化，末造竟一点都没看出来。被小玉迷住的感觉，正是这么来的。

小玉蹲了下来，一边挪脸盆一边说道：“您把脸转过去一点。”

“为什么？”说着，末造点上一支“金天狗”。

“人家要洗脸。”

“这不也能洗吗？快洗吧。”

“您瞧着，人家没法洗嘛。”

“真多事。这样成了吧？”末造吐着烟，把后背对着廊子。心想，真是孩子气呀。

小玉没脱衣服，只把领子松开，紧着洗了两把。比平日马虎得多，但她无须靠化妆遮丑，不用凭打扮增加美色，所以别人看也无所谓。

末造先是把背转过去，隔了一会儿又转向小玉这边。小玉洗脸时背朝着末造，一直不知道，等洗完脸，把梳妆台移过来，镜子里赫然映出末造一张叼着烟卷的脸。“哟，您真坏！”小玉说道，顺手拢了拢头发。松开的领子，从后颈到背上裂成一块三角形，露出雪白的肌肤，因为手抬得高，都快看到胳肢窝那里，丰腴的玉臂，末造怎么看也看不厌。末造知道自己要是不吭声地等她，小玉非急急忙忙草草了事不可，便故作轻松，慢条斯理地说道：“哎，用不着着急。这么早出来没什么事。前两天你问过，说好今儿晚上来，可是有事要到千叶去一趟。顺利的话，明儿个能回来。万一出点麻烦，说不定得后天才回来。”

小玉正梳着头，“哟”了一声，转过头来，脸上的表情显得不放心的样子。

“乖乖地等着吧。”末造戏谑地说了一句，收起香烟盒，立刻站起身，朝门口走去。

“哎呀，没等沏茶就……”小玉说了一半，把梳子扔进梳妆匣里，起来出去送他时，末造已经拉开了格子门。

小梅从厨房端出食案放好，拄着手跪在席子上说道：“太对不住啦。”

小玉坐在火盆旁，拿火筷子把火上的灰拨弄下来，一边笑道：“哟，道什么歉呀？”

“我没来得及上茶。”

“哦，为这事！已经跟他打过招呼了。老爷没在意。”说着拿起筷子。

小梅看着正在吃饭的女主人，她不大爱发脾气，今早显得格外开心。方才笑着说“道什么歉呀”的时候，脸上微微发红，此刻还挂着笑容。小梅心里难免产生疑问：什么缘故呢？不过在小梅极其单纯的心里，不会刨根问底。只是受了好心情的感染，自己也觉得高兴起来。

小玉不住地盯着小梅看，脸上高兴得越发显得心花怒放，说道：“小梅，想不想回家看看呀？”

小梅惊奇得瞪大了眼睛。在明治十几年的时候，还沿袭江户时商人家里的惯例，即使在同一城里，在人家里当用人，除了正月或是七月中以外，轻易不能回家省亲，这是规矩。

“今儿晚上，我想老爷怕是不来了，回家后，想住就住下好了。”小玉又重复说道。

“真的吗？”小梅不是不相信，实在觉得是过分的恩典，不由得反问了一句。

“能骗你吗？我才不作那种孽，来捉弄你。吃完早饭也甭收拾了，赶紧回去吧。今儿个痛痛快快玩上一天，晚上住一宿。明儿个可得一大早就回来。”

“是！”小梅高兴得满脸通红。父亲是拉车的，一进门摆了两三辆车，衣橱和方火盆之间仅能放下一块褥垫，父亲若不出车就坐在上面，不在家就母亲坐。母亲鬓角上的头发总是耷拉在半边脸上，系在肩上的吊袖带子难得解下来。小梅的脑海里，仿佛放电影一般，迅速掠过家里的情景和母亲的身影。

吃过早饭，小梅撤下食案。心想，主人虽说不用收拾，该洗的东西还得洗。便在小桶里用热水洗碗碟，碰得叮当响。这时小玉拿个小纸包走了进来。“咦，还在收拾。这点东西容易洗，我来吧。你的头发昨儿晚上梳好的，这样就蛮好。赶紧把衣裳换上。也没什么可送的，把这个带上。”说着把纸包递了过去。里面包着那种骨牌模样的五角纸币。

把小梅催着赶着打发走之后，小玉麻利地系上吊袖带，把下摆掖进腰带里，进了厨房。像做什么好玩事似的，洗起小梅没洗完的碗碟来。做这些家务小玉是把老手，快得小梅望尘莫及。做事仔细周到的小玉，与其说像小孩子玩玩具，不如说在消磨时间，拿起一只盘子来，五分钟都不离手。她脸上淡淡的红晕，显得生机勃勃，光彩照人，眼睛望空直勾勾地瞪着。

在她脑海里，一些乐观的景象穿梭不停。女人不靠任何外力，要自己打定个主意，真个是左思右想，优柔寡断，好不可怜，可是一旦下了决心，便不像男人那么瞻前顾后，而是如同一匹蒙上眼罩的马，勇往直前。女人才不像男人那样疑虑重重，哪怕前面横亘着障碍，也不屑一顾。遇到事情，男人不敢做的，女人却敢作敢为，有时竟意想不到，马到成功。小玉想接近冈田，一度逡巡不前，如果有旁观者，看着都替她着急。但是今早末造来关照，说要去千叶，小玉的心情，恍如把追捕手放上扬帆的小舟，送向彼岸。于是催促小梅，把她打发回家。碍事的末造住到千叶，女佣小梅则住在父母家。一直到明早，自己无拘无束，是个自由之身，小玉真是心花怒放。她甚至觉得，事情这样显然是个好兆头，要达到最后目的并非难事。冈田绝不会偏偏今天不从门前经过。他有时一天来回走两趟，头一次万一没见着，第二次肯定不会错过。今天不论花多大代价，非得跟他说话不可。既然奓着胆子跟他说话，他就不会不停下脚步来。虽沦落为一个下贱的小妾，而且还是一个放高利贷人家的小妾，但是，我比做姑娘时出落得还俊，反正没有变丑。而且，慢慢懂得怎样才能讨男人的欢心，这也是不幸中的万幸。退一步来看，冈田未必觉得我是个讨厌的女人。不，的确没有。如果觉得我讨厌，就不可能每次见面都点头致意。上次打蛇也是这样，人家家里出的事，没理由非伸手帮忙不可。要不是我家的事，他说不定会装不知道，扬长而去哩。再说，我有这样的念头，我这份心思就算别人不理解，他总不至于一点都不明白。得了，也许事情没有想的那么难。小玉只顾转这些念头，连小桶里的热水凉了都不觉得。

小玉把碗盏放进碗橱，又回屋守着方火盆坐下来，不知为什么有些心神不定。今早小梅把火盆里的灰筛得细细的，小玉拨了两三下，蓦地站起来开始换衣服，准备到同朋町的女梳头店去。这是平时来家里给她梳头的女人介绍的，那位梳头娘姨人很好，她曾说过，如果是出门打扮，可上她那儿去梳头。小玉从来都没去过那家店。

二十二

西方童话里，有个一颗钉子的故事。详细记不大清楚了，大意是农夫的儿子乘马车出门，轮子上有颗钉子掉了，于是一路上遇到种种麻烦事。我之所以要提这个故事，是因为酱烧青花鱼和一颗钉子，其效果正是殊途同归。

我在公高或学校宿舍里靠包饭解决饥饿问题，日久天长，有的菜已经吃腻，一看见就觉得倒胃口。不论坐在多凉爽豁亮的餐室里，摆在多清洁的食案里端上来，那菜我只要看上一眼，鼻子里便仿佛嗅到宿舍食堂里一种莫可名状的气味。若是炖的菜里有羊栖菜或是相良面筋，我的嗅觉就会起一种怪不舒服的hallucination（幻觉）。如果是酱烧青花鱼，那幻觉就简直到了极点。

有一天晚饭，这道酱烧青花鱼终于上了上条公寓的餐桌。我历来是饭菜一来，就立即拿起筷子，这次却迟迟不肯下筷。女侍见我踌躇，便问：

“您不爱吃青花鱼？”

“这个嘛，倒也不是不爱吃。烤的就很喜欢，但酱烧的吃不消。”

“哟，老板娘不知道。那我去给您拿鸡蛋来吧？”说着便要起身去拿。

“等等。”我说，“其实我肚子还没大饿，散步回来再说。你跟老板娘随便说一声，可千万别说是我不爱吃那个菜。别给人添麻烦。”

“那多对不住您哪。”

“别客气了。”

我站起来开始穿裙裤，女侍端起食案走了。我向隔壁招呼道：

“喂！冈田在吗？”

“在。什么事？”冈田朗声应道。

“没什么事。想出去散步，回来再到丰国屋去。要不要一起去？”

“去。正有话要跟你说。”

我取下挂在钉子上的帽子戴到头上，和冈田走出上条公寓，这时是下午四点多钟吧。并没有商量好往哪儿走，一道走出上条的格子门，一出门便朝右拐去。

快下无缘坂时，我用胳膊撞了撞冈田说：“喂，在那儿哩。”

“什么呀？”冈田随即明白话中意思，去看左侧格子门的人家。

小玉站在门前，即使憔悴也很美。不过，平日里，相对一个年轻健康的美人儿来说，小玉显然修饰得太漂亮。在我眼里，虽然说不出她哪儿有什么不同，但与平时所见，总归美得不同寻常。她的脸庞光艳照人，甚至有种耀眼夺目之感。

小玉的眼睛痴痴地看着冈田。冈田慌忙摘下帽子点了点头，无意中加快了脚步。

我作为第三者，毫无顾忌地频频回过头去。小玉依然久久地张望着。冈田只顾低头走下无缘坂，脚步丝毫也没有放慢。我默默地跟着走了下去，心中交织着各种感情，最根本的一点便是恨不得与冈田换个位置。但又不愿承认这一点，内心在呼叫：“怎么，我难道是一个如此卑鄙的人吗？”我于是极力打消自己的念头，气愤于自己竟然压制不住这念头。我想与冈田换个位置，并非想领受她的诱惑，只不过想，像冈田那样受女人的青睐，心中一定挺得意的。那么受人青睐，是何况味？在这事上，我想保持自己的人格。我绝不会像冈田那样逃避。我会与她相见，同她说话。但不会玷辱自己的清白之身，仅止于打招呼说话而已。并且，对她会像对妹妹一样爱护，会帮助她，救她脱离泥淖。我漫无边际地想象，最后归结到这一点上。

冈田和我两人一声不响，默默地走到坡下的十字路口。一直走过派出所，我终于开口说道：“喂，不过分吗？”

“嗯，什么？”

“这算怎么回事！从方才起，一路上你一定也在想她。我几次回头去看，她一直望着你的背影。恐怕此刻还站在那里往这边瞧呢。‘目逆而送之’，《左传》里不是有这样一句话吗？现在可是人家女的在看你哪！”

“别再提这事儿了。我只跟你一个人说过，你就别捉弄我了。”

说话的工夫来到不忍池畔，两人都停下了脚步。

“到那边转转吧。”冈田指着池子北岸说道。

“好吧。”我们沿着池子朝左拐去。走了十来步，看见左侧并排有两座二层小楼，我自言自语地说：“这就是樱痴和末造的公馆。”

“真是绝妙的对比。樱痴居士也并不廉洁嘛。”冈田说。

我不假思索地辩驳道：“一旦成政治家，不论怎么样，总难免沾染上一些毛病。”我恐怕是想把福地先生同末造的距离尽可能拉大。

福地公馆的板墙一头往北，隔了两三户人家，有间小房子挂着“川鱼”的招牌，我看了说道：“一看这招牌，不知怎的，就想吃不忍池的鱼。”

“我也这么想呢。未必就是梁山泊好汉开的店。”

我们说着过了小桥往池子北面走去。一个学生模样的青年站在岸边正打量着什么，见我俩走了过去，便招呼道：“喂！”原来是石原，此人柔道颇精，除了专业课外，其他书一律不看。冈田和我同他并不十分要好，但也不讨厌他。

“站在这里看什么呢？”我问道。

石原默默指指池子。冈田和我透过傍晚灰暗混浊的雾霭，朝他指的方向看去。从通往津根的小沟到我们三人站着的水边，是片茂密的芦苇。枯萎的苇叶，越到池中心越稀疏，只有残荷败叶，以及海绵一般的莲蓬星罗棋布，叶茎和莲蓬高低错落，垂折下来，呈锐角立在水面上，给景物平添一股荒凉的野趣。从沥青色的荷茎缝隙里，看见有十来只大雁徐缓地飞来飞去，朦胧地倒映在黑黝黝的水面上。有的立在水中一动不动。

“石子够不到？”石原看着冈田问道。

“够是够得到，但能不能打中不敢担保。”冈田回答道。

“试试看。”

冈田有些犹豫：“那群雁都睡了吧？扔石头打，怪不忍的。”

石原笑道：“如此多情，好难办呀！你下不了手，我来。”

冈田不情愿地捡起一个石子，说：“那我就把它们吓跑。”石子嗖的一声轻响，飞了出去。我举目追踪石子的去向，一只雁高高挺起的头颈应声垂下。与此同时，有两三只雁嘎嘎叫着拍打着翅膀，在水面上散开，但是并没有飞走。头颈垂下的一只，仍一动不动。

“打中了。”石原说。他看了一会儿水面，接着说道：“我去把那只雁捡回来，回头你们帮我一把。”

“怎么去拿？”冈田问。我不由得侧耳去听。

“此刻不合适。再过半小时，天就黑了。只要天一黑，我就能轻而易举拿回来。你们不动手也没关系，到时候可得在场帮我忙。

回头用这只雁，请你们大快朵颐。”石原说。

“倒有趣。”冈田说，“可是这半小时里干什么呢？”

“我在这附近走一走。你们两位随便去哪儿然后再回来。三个人都站在这里，太惹人注意了。”

我对冈田说：“那么咱俩绕池子转一圈再回来。”

“好吧。”说着冈田抬腿就走。

二十三

我和冈田一起走到花园町的尽头，然后往东照宫的台阶走去。一时之间，两人谁都没作声。“雁也有倒霉的啊。”冈田自言自语道。在我的想象中，虽无必然的联系，却浮现出无缘坂的女人。“我只不过朝有雁的地方扔过去而已。”冈田对我解释道。“嗯。”我应了一声，仍在琢磨那女人的事。“不过，我很想看石原如何去拿那只雁。”隔了一会儿，我说道。这回冈田“嗯”了一声，一面想着什么心事，一面走路。大概是惦记着那只雁吧。

下了石阶，朝辩天神社走去。打死了大雁，两人的心头都笼罩上一层阴影，说话也时断时续。经过辩天神社的牌楼时，冈田似想换个题目，打破沉默道：“有件事要告诉你。”于是我听到一件意想不到的事。

事情是这样的。冈田今晚原想到我屋里告诉我，正巧我约他出来，便一起到了外面。出来后，本打算在吃饭时说，看样子是说不成了，便边走边拣要紧的说。冈田决定不等毕业便去留学，已经向外务省申请了护照，也向大学方面提出了退学。有位德国Professor W. 来日本研究东洋风土病，是他聘用冈田的，可负担往返旅费四千马克和每月生活费两百马克，条件是要懂德语又能流畅阅读汉籍的学生，贝尔兹教授便推荐冈田去。冈田到筑地去找W教授，接受考试。教授让他翻译《素问》和《难经》各两三行，《伤寒论》和《诸病源候论》各五六行。《难经》里偏巧出的是“三焦”中的一节。三焦的“焦”，译成什么好呢？颇费斟酌，最后音译为“chiao”。总之考试合格了，当即签了合同。W教授现在贝尔兹教授所在的莱比锡大学任教，所以要把冈田带到莱比锡去，医师考试由W教授负责。毕业论文可以引用为W教授翻译的东洋文献。冈田明天便要离开上条公寓，搬到筑地W教授那儿去，把教授从中国和日本收集来的书籍装箱。然后跟教授一起去九州考察，随即在九州乘Mes-sagerie maritime（法国海轮）公司的船动身赴德。

我时时停下脚步说：“真想不到！”或说：“你真果断。”存心放慢脚步，好仔细听他讲。等他讲完，一看表，跟石原分手不过十分钟，绕着池子已经走了三分之二，仲町后面的池之端快走到头了。

“现在就过去还太早。”我说。

“上莲玉庵吃碗面吧？”冈田提议。

我当即同意，遂一起踅回莲玉庵。从下谷到本乡一带，莲玉庵当年是口碑最好的面馆。

冈田一边吃面一边说道："好不容易念到现在，不毕业就走，实在遗憾。可是官费留学没份儿，失去这次机会，就不可能一睹欧洲风光了。"

"那当然，机不可失。毕不毕业又算什么，在那边能当上医师也一样。再说，即使当不上医师也不用担心。"

"我也这样想，只不过取个资格而已。入乡随俗，聊复尔耳。"

"准备得如何？动身似乎太匆忙了。"

"哪里，我就这样动身。W教授说，日本做的西服，在那边穿不出去。"

"是吗？记得以前看《花月新志》，说是成岛柳北在横滨突然心血来潮，当下打定主意，乘上船就走了。"

"是啊，我也看过。听说柳北甚至连信都没给家里寄就走了，我是已给家里详详细细写了一封信。"

"是吗？好羡慕你呀。你随W教授同行，路上用不着提心吊胆。出门旅行如何光景，我是一点也想象不出来。"

"我也不知道会是什么样。昨天去见柴田承桂先生，他一向很照顾我，同他说了这件事，他便送我一本他写的《西洋旅行指南》。"

"哦，还有这样的书？"

"嗯，是非卖品。听说只给初次留洋的乡巴佬。"

话说到这里，一看表，差五分钟就半小时了，我和冈田急忙离开莲玉庵，赶到石原等我们的地方。池上已经暮色四合，辩天神社的红漆牌楼在雾霭中隐约可见。

等在那里的石原拉着冈田和我，走到池边，说道："现在正当其时。没伤着的雁都换了栖身地。我马上动手，你们在这儿待着，得给我指点。你们看！两丈来远的前方，有株莲茎向右弯。在其延长线上，有株莲茎稍矮，向左弯。我得顺着那个延长线一直往前走。若走偏了，你们就在这儿喊我，往右或是往左，给我指正方向。"

"好。根据pazallaxe（视差）原理。水不深吗？"冈田问道。

"哪儿的话，不必担心我够不到底。"说着，石原迅速脱下衣服。

石原踩下去的地方，淤泥仅及膝盖上。他像鹭鸶似的，抬起一只脚再踩下去另一只脚，一步一步地挪过去，深一脚浅一脚的，眼看着越过了两株莲茎。过了一会儿，冈田喊："向右！"石原便向右迈过去。冈田又喊："向左！"因为石原向右偏过头了。石原立刻停住脚并弯下身去，随后转身往回走。等过了远处的那片莲茎，可以瞧见他右手提着的猎物。

石原上了岸，只半截腿上沾了泥。那只雁比想象的要大。石原把脚洗了洗，穿上衣服。这一带此时很少有人来往，石原下池子直到上岸，没有一个行人。

"怎么拿回去呢？"我问。

石原一边穿衣服一边说道：

"冈田的斗篷最大，藏在他斗篷里拿回去。在我的住处做菜。"

石原租了别人一间屋子。房东阿婆人缘不大好，倒正是可取之处，只要分些雁肉给她，就能封住她的嘴。从汤岛的新开路到岩崎公馆的后面，有条小巷，房子便在那条弯弯曲曲的小巷尽头。石原简短地说了说拿着雁去那儿的路线。首先，到他的住处有两条路：一条是从南走新开路，另一条是从北走无缘坂。两条路都以岩崎公馆为中心，远近相差不大。此时也顾不上远近。麻烦的是，两条路上都有一个派出所。权衡利弊，决定避开热闹的新开路，取寂静人少的无缘坂。雁由冈田藏在斗篷里提着，其余二人一左一右，分别挡着冈田，这是万全之策。

冈田苦笑着提起大雁。不论怎么个拿法，大雁的翅膀都会从斗篷的下摆露出两三寸来。而且，下摆撑得不成样子，人看起来像个圆锥体。石原和我必须设法不让他太显眼才行。

二十四

“行啦，就这样走吧。”说着，石原和我把冈田夹在中间走了起来。起初，三人担心的是十字路口的派出所。从门前经过时，石原不停地高谈阔论，说这是窍门。我记得说的好像是：“心不可动，心动即生隙，隙生则不得上乘。”石原引了老虎不吃醉汉为例。他说的这段，怕是柔道师傅讲的，然后鹦鹉学舌讲给我们听。

“这么说巡警是老虎，我们三个是醉汉喽。”冈田嘲弄道。

"Silentium（安静）！"石原喊道。因为已经快到拐角，该上无缘坂了。

拐过弯是一条小巷，一侧是茅町临街房的屋后，一侧是池边住宅的后院，当年小巷两侧停放着板车之类。到了拐角，已能看见巡警站在十字路口的身影。

走在左面的石原突然对冈田说："你知道计算圆锥体体积的公式吗？什么？不知道？那简单至极。是底面积乘以高的三分之一。如果底面积是圆，体积的公式就是$\frac{1}{3}r^2\pi h$，若能记住$\pi\approx3.1416$，便很容易了。我能记得小数点以下八位，$\pi\approx3.14159265$。再往下的小数，意思就不大了。"

这样说着，三人穿过了十字路口。派出所位于我们经过的小巷左侧，巡警站在门前瞧着从茅町往根津方向跑去的人力车，只朝我们无意地瞥了一眼。

"为什么算起圆锥体的体积来了？"我问石原道，与此同时，一眼认出站在坡中间的女人，她正朝我们望了过来。我心里感到异常激动。从不忍池北头往回走的一路上，比起派出所的巡警，我想得更多的是这女人。不知为什么，总觉得她似乎在等冈田。果然，我的猜想没骗我。女人离开自家门口，在前面两三户人家那里迎候着。

我睃了一眼石原，看了看女人的面庞，又看了看冈田的脸颊。冈田的脸一向气色红润，这时显得格外红。他忽然佯装去碰帽子，手扶着帽檐。女人的面容如石头一样凝然，睁得大大的一双美目，蕴含着无限的憾意。

这时，石原正在回答我的问话，我耳内只闻其声，心中不辨其意。石原大概是说看见冈田斗篷下摆鼓鼓的，像个圆锥形，由此联想到圆锥体的体积，便冲着巡警算了起来。

石原自然也看到了那女人，可能他只是认为，一个美人儿罢了，并未留意。石原继续饶舌："我告诉你们不动心的秘诀，是因你们的修养还差一点，一旦面临紧急，恐怕难以做到。为此我想出这办法，不叫你们的心思转到别处去。说什么都行，关键要像我方才讲的道理，于是提出圆锥公式的算法。总之，我的办法不错吧？幸亏这个圆锥公式，走过巡警面前时，你们才能保住（unbefangen）泰然自若的态度。"

三人走到了岩崎公馆向东拐的地方。一进小巷，连一辆单人人力车都过不去，可以说不会有任何危险了。石原从冈田身旁走开，在前面带路。我又一次回过头去，已经不见那女人的身影了。

那晚，我和冈田在石原的住处一直待到半夜。雁肉成了下酒菜，陪着石原喝酒。冈田留洋的事只字未提。我本有很多话要说，只好忍住了，听石原和冈田讲划船比赛的事。

回到上条公寓，我因疲倦和喝醉，未及多说话，同冈田分手后倒头便睡。第二天，从大学回来一看，冈田已经人去屋空。

正如同一颗小钉子引发出大事件一样，上条公寓晚餐的一碟酱烧青花鱼，竟使冈田同小玉永无相会之期。而且不仅如此。不过，后来的事，已是"雁"这故事的题外话了。

这个故事写完，屈指算来，距当年已三十五载。故事的一半，是我与冈田交友一场亲眼所见，而另一半，冈田走后，不承想我竟同小玉相识，是亲耳听来的。这就好比在立体镜下，左右两张图作为一个图像来看一样，把先前亲眼所见与后来亲耳听说的，两相对照，便合成了这个故事。或许读者要问我：“同小玉是怎么认识的？在什么场合听说的？”如同上文所说，这个问题的答复，已属本故事的题外话。唯有一点，不言而喻，我不具备成为小玉情人的条件，故而请读者诸君切莫妄加猜测是幸。

ぎょげんき

鱼玄机

鱼玄机杀人，给下了大狱。这消息瞬间便传遍长安，事情太出人意料，无人不感到惊讶。

唐朝年间，道教盛行。原因是，时值李姓当朝，那班道士认为是天赐良机，放言老子是其先祖，奉为老君，供于宗庙。自天宝以来，西京长安有太清宫，东京洛阳有太微宫。此外，各通州大邑，都有紫极宫，定期大做道场。长安太清宫下，又有许多道观。道教有观，如同佛教有寺，寺内有僧人，观中有道士。其中有一道观名咸宜观，女道士鱼玄机便在那里。

玄机素以美貌闻名。与其说她美若燕瘦，不如说更近环肥。若以为出家了便不再喜弄铅华脂粉，那倒未必。她依旧悉心装扮，刻意修饰。下狱之时，正当懿宗咸通九年[1]，玄机芳龄刚刚二十有六。

1　公元868年。

玄机能名闻长安，非独凭其貌美，还缘于工诗善赋。唐朝文学，最盛者莫如诗，这自不待言。陇西出了李白，襄阳则有杜甫，二人极尽天下诗歌之能事。随后，太原白居易踵起，道尽古今之人情，《长恨歌》《琵琶行》，可说是人人能诵。白居易殁于宣宗大中元年[1]，玄机当时还是个五岁小女孩。但她天资聪慧，不消说白居易的诗，就连与之齐名的元微之的诗，也多能背诵，古今体诗数十篇。及至长到一十五岁，鱼家闺阁的诗作，曾在好事者间传诵一时。

如此美貌的女诗人杀人下狱，耸动一时视听，实也不足为奇。

鱼玄机出生于长安大道旁一条曲巷内。所谓花街柳巷之地，家家蓄养歌女。鱼家也是娼门之一。玄机说要学诗，父母爽快地依顺，找了街坊一个穷书生来，教她平仄押韵之法，巴望着有朝一日把闺女变成摇钱树。

大中十一年春天，鱼家的几个妓女应召到常去的酒楼陪酒，客人是宰相令狐绹的公子令狐滈。贵公子的同伴斐诚，照例相偕而来。另外，还有一人相陪，此人姓温，令狐和斐诚口口声声喊他钟馗。两位公子华服丽饰，唯独温某衣衫不洁，听凭两人指使。起初，妓女猜想，难道是个仆从不成？可是，等到酒酣耳热之际，温钟馗便对两位公子白眼相加，叱责詈骂。然后，让妓女弹琴吹笛，居然唱起歌来。声音清朗，歌词雅丽，闻所未闻，加之曲调齐整，简直叫人想不到会是出自一个门外汉之口。几个妓女见这位毛胡

1　公元847年。

子大眼睛诨名钟馗的温某，最初受两个白面郎君的侮辱，本来也把他当成嘲弄的对象，这时，却一个两个地凑到跟前，围住他侧耳聆听，跟他亲热起来。温某拿过歌伎的琴、笛，或抚上一曲，或吹奏一段。技艺之精，远非妓人能及。

众妓女回到鱼家，常常说起温某，玄机又把听来的话讲给师父，穷书生一听，便惊讶道："所说温钟馗，想必是太原的温岐吧？又名庭筠，字飞卿。因在考场上，叉手八次即成八韵，赋得一诗，故诨名又叫温八叉。称他钟馗，是貌丑之故。当今诗人中，除李商隐外，无出其右者。温李加上段成式，号称三大家，不过，段成式要略逊一筹。"

听了先生的话，每逢众妓女从令狐的酒席归来，玄机便打听温某的事。一见到温，妓女也总要提到玄机。有一日，温某终于来鱼家登门造访。因听说这位美少女能诗善赋，不禁引动他的好奇。

温与玄机相对晤面。映在温眼里的玄机，果然是位妙龄少女，宛若含苞待放的牡丹。温一向与贵公子游，年纪已近四十，容貌确实不负钟馗之名。开成初年娶妻，得一子，名宪，差不多与玄机同年。

玄机正襟恭迎。起初，温拟以待妓女的态度与玄机相见，此刻不觉肃然敛容。几句话交谈下来，温即了然，玄机非同寻常女子。因为这位年方十五的如花少女，毫无娇羞之色，谈吐一若男子。

温说道："曾闻芳卿常喜作诗。倘有近作，请赐一阅。"

玄机答道："晚辈不幸，至今未得良师。近作岂值一提？今得伯乐相顾，心下怀有奔驰千里之思。请即出题面试。"

温不禁微微一笑。盖此女自比良驹，似乎不尽恰当。

玄机起身将笔墨放置温前。温率然题上“江边柳”三字。玄机略思片刻，占出如下诗句：

赋得江边柳

翠色连荒岸，烟姿入远楼。
影铺秋水面，花落钓人头。
根老藏鱼窟，枝低系客舟。
萧萧风雨夜，惊梦复添愁。

温一读之下，即称佳句。至今温已七进科场，常见堂堂男子搜索枯肠，也不成句，不及眼前这位少女远矣。

自此为始，温时时造访鱼家。两人交换诗简，往来不绝。

大中元年，温庭筠三十岁上离开太原，初次应试进士。蜡烛还未点去一寸，诗文俱已作得，见邻席考生仍陷于苦思冥想，便援手帮了一把。这以后，每进考场，都帮得七八人写诗作文。其中也有考中的。唯独温庭筠自己，屡试不第。

与此相反，温庭筠场外的声名却响遍京师。大中四年，当上宰相的令狐绹也不时邀温列席酒宴，给以引见。一日，席间问及一件旧事，事出《庄子》。温直接回答倒也罢了，偏偏他言辞不慎：“事出南华，非僻书也。相公燮理之暇，时宜览古。”

另外，宣宗喜欢“菩萨蛮”，令狐绹便填词进献皇上。其实，是令温庭筠代作，嘱其缄口，不得说与人知。然而，温庭筠酒后失言，泄露出去，并说：“中书省内坐将军。”直讥令狐宰相不学无术。

温庭筠的声名终于连宣宗也有耳闻。有一回，宣宗得一上句，令未第学士对下句。温将宣宗的“金步摇”对为“玉条脱”，极得君王赞赏。宣宗素喜微行，得知温庭筠大名之后不久，在酒楼上与温邂逅。温不知是皇上，交谈片刻，便口出狂言，傲慢无礼。

自从沈询知举后，考场上，总是让温庭筠独坐另席，周围座位空置。温的诗名也如日中天，皇帝、宰相均爱其才，却鄙其为人。温的姐姐嫁与赵颛，常为胞弟谋求进身，终究没有着落。

温的朋友李亿，出身富贵之家，比温年轻十岁，通晓辞赋。

咸通元年春，久居襄阳的温庭筠回到长安。李亿去温寓所。温在襄阳刺史徐商手下当小吏，任久生厌，便辞官回京来。

玄机的诗稿，正摆在温的案头。李亿翻阅之下，赞叹不已，遂问，是个怎样的女子？温对李说，是一位如花少女，三年前他曾教她。李听后，便仔细打听鱼家所在的巷子，好似想起什么事来，急忙离座告辞。

李从温寓出来，直奔鱼家，说要纳玄机为侧室。而玄机的双亲，也为厚礼所动。

玄机出来与李亿相见。玄机这年正当一十八岁，容貌之美丽，已非当年温见她时所能比。李亿也是个白皙俊朗的美丈夫。李亿一味恳求，玄机也不太推拒，当下便订了婚约。数日后，李亿将玄机迎娶到城外的林亭。

这时，李亿庆幸，自己突发奇想，也居然天从人愿。却不料，迎娶之后出了波折。李亿身子每次靠上去，玄机总要躲开，勉强挨着了，便会号啕大哭。林亭，成了李亿傍晚乘兴而去，清晨败兴而归的地方。

李亿不免疑心玄机是不是有缺陷。若是，当初便应辞却聘礼。说玄机嫌弃自己，李亿又觉得不可思议。因为玄机垂泪的时候，一度躲开的身子会靠过去，哭得越发伤心。

李亿时时萌发的欲念从未得到满足，白耗精力，行住坐卧之间，常常神思恍惚。

李亿已有妻室。妻子见丈夫举止乖异，便开始留心他的去向。拷问仆人，得知林亭玄机之事，为此夫妻反目。一日，岳丈来到女婿家，当面诘难。最后李亿发誓，定把玄机打发走。

李亿到了林亭，劝玄机返归鱼家。可是玄机不肯，双亲即使能容，二娘之辱也不堪忍受。因此，李亿招待素有交情的道士赵师，以玄机相托。这就是鱼玄机进咸宜观，当了女道士的缘起。

玄机是个甚有才思的女子。她的诗工于剪裁，自师从温庭筠学诗，一面努力涉猎典籍，一面苦心锤炼字句，几乎到了废寝忘食的地步。与此同时，求名之心也愈盛。

那还是李亿聘她之前。有一日，玄机到崇真观，见南楼上题着状元以下进士榜，不禁慨然题首：

游崇真观南楼，睹新及第题名处

云峰满目放春晴，历历银钩指下生。

自恨罗衣掩诗句，举头空羡榜中名。

从诗中可以推知，玄机虽是女子的形体，却有男子的心怀。既然形为女身，对男子就不可能不怀有爱慕之情。不过，那只是蔓草攀附树干之心，而非房帷之欲。因有攀附之心，所以才应李亿之聘，因无房帷之欲，林亭之夜会索寞。

玄机进了咸宜观。临别之际，李亿留下一笔钱，可使玄机衣食无愁，安心在观中生活。赵师给玄机讲授道家经典，她也喜欢读经。听经读史，已是她的日课，她那颗求新猎奇之心，对道家的说法甚为欣悦。

当时，道家兴练中气真术。每月初一、十五两次，事先要斋戒三日，修习所谓“四目四鼻孔”法。玄机也避免不了，依从戒律，修行一年有余，忽有所悟。终于变成真正的女子，明白了在李家林亭时所不明白的道理。这已是咸通二年春天之事了。

与玄机一起修行的，有个略通文墨的女道士，玄机与她颇要好，同食同宿，互诉衷曲。此女名采苹。一日，玄机为采苹题诗一首：

赠邻女

羞日遮罗袖，愁春懒起妆。

易求无价宝，难得有心郎。

枕上潜垂泪，花间暗断肠。

自能窥宋玉，何必恨王昌。

采苹身材娇小，为人轻佻。加之年仅十六，比十九岁的玄机年少，一向受深沉稳重的玄机摆布。两人也时有争吵，采苹总是输家，会气得哭起来。这类事天天有，但是，两人随即会和好如初。女道士间，把这种相好，戏称作“对食”，不免又妒又羡。

到了秋天，采苹忽然失踪了。与此同时，有个在赵师处雕塑像的小工也辞工离去。原先嘲笑她们“对食”的女道士告诉赵师，玄机很寂寞。赵师笑道：“苹也飘荡，蕙也幽独。”因玄机字幼微，又叫蕙兰。

赵师仅在修法时才依律管束，平日对出入道观倒并不太严。因为玄机的诗名日盛，前来索书者颇多。或赠金钱，或送物品。其中也有借索书之名，慕貌而来的。据说有人携酒上门，强行灌酒，结果玄机叫童仆把那人赶出门去。

然而，采苹失踪后，玄机的态度大变。凡是稍通文墨之士来求诗索书，她一概留客待茶，谈笑风生，不知时光之推移。一度受到款待，二次会携友再访。没有多久，玄机好客的名声便在长安士人中间传开了。即使带了酒来，也不怕给撵出门外。

至于对那些目不识丁，受美人名声所惑，冒昧而来的人，玄机会毫不留情，羞辱一通，逐出门去。至于不学无术的富家子弟，虽说跟着熟客登门能幸免于辱，但一座客人或联句或唱曲，相形之下自感受到冷落，只好独自悄然溜走。

对客嬉笑戏谑的玄机，一旦客散人去，便会无精打采，愀然不悦。直到夜半更深，仍不成眠，两眼泪水盈盈。一次深夜，玄机题诗寄赠羁旅中的温庭筠。

寄飞卿

阶砌乱蛩鸣，庭柯烟露清。
月中邻乐响，楼上远山明。
珍簟凉风著，瑶琴寄恨生。
嵇君懒书札，底物慰秋情。

诗简寄出后，玄机日夜盼望温的回书。日子过了很久，回书才到，玄机似很失望。这不能怪温，玄机有所欲求，但又不明白所求为何物。

一天夜里，玄机照例在灯下愁眉紧锁，沉思默想，渐渐有点焦躁不安，起身在屋内四处蹀躞，桌上的东西拿起又随手丢开。良久，铺纸题诗，是寄给乐人陈某的。十来天前，陈某曾随两三贵公子来过玄机寓所，是个风姿伟岸、相貌柔和的少年，沉默寡言，始终面带微笑，凝目望着玄机的一举一动。年龄比玄机小。

感怀寄人

恨寄朱弦上，含情意不任。

早知云雨会，未起蕙兰心。

灼灼桃兼李，无妨国士寻。

苍苍松与桂，仍羡世人钦。

月色苔阶净，歌声竹院深。

门前红叶地，不扫待知音。

翌日，陈某见到诗，立即赶到咸宜观。玄机与陈相见，屏退左右，吩咐童仆谢绝一切来客。书房里，只听见窃窃低语。过了夜半，陈某才离去。自此，陈某不必通报，便能径入玄机的书房。每逢玄机接待陈某，必定谢绝其他客人。

因为陈某频频来访，玄机推退了许多客人。除非花钱来求书，才不得不应允所求。

一个月后，玄机遣散了所有童仆，只留一个老女仆使唤。这个长相丑陋又不和蔼的老婆子，几乎从不与人交谈，故而外面很少知道观内情形。玄机和陈某也就无须担心会有流言蜚语。

陈某时时出门远游。即便那时，玄机也不接待来客，蛰居家中，作诗甚多，然后寄温庭筠斧正。温每读她诗，不禁有些讶异：诗中闺阁之情渐多，道家的清气却几近于无。玄机做李亿的妾，未几分手，遂入咸宜观当了女道士，个中始末，温从李亿口中已全都听说了。

岁月如流，平安无事地过了七年。这时，玄机做梦也想不到会发生祸事。

咸通八年腊月，陈某出门远游，留下玄机一人，寂寞地打发日子。当时寄给温的诗中，有“满庭木叶愁风起，透幌纱窗惜月沈”句，真是凄凉无比。

第二年初春，陈某还没归来，老女仆却死去了。老女仆生前无亲无靠，早就备下棺木，后事由玄机料理。接替仆妪的，是个十八岁的女婢，叫绿翘，长得虽然不算美，却也聪明伶俐，风骚媚人。

陈某回到长安，来咸宜观那天，已是暮春三月。玄机迎接的那份情意，恰似人久渴之后得遇甘泉。一连多日，陈某几乎无日不来。这期间，玄机发现陈常常撩拨绿翘，不过，她起初并未介意。因为在玄机眼里，就没把绿翘当女人看。

玄机今年二十有六，端正俏丽的面庞，美得高雅绝伦，令人不可逼视，新出浴时，发出琥珀之光。丰满的肌肤，有如毫无瑕疵的润玉。而绿翘额头窄、下颌短，脸像巴儿狗，手脚又粗又大。领口袖头上，总是沾着油渍污迹。难怪玄机对绿翘不存妒忌之心。

不久，三人之间渐生龃龉。从前，陈对玄机的行止若有不称心，便寡言少语，或者干脆缄口不言。如今，碰到这种时候，多半会同绿翘搭讪。而且，温言软语，玄机听了，仿佛句句刺在心头。

有一日，几个女道士邀玄机到另一道观去。离开书房时，玄机把道观的名字告诉绿翘。等到傍晚回来，绿翘到门口迎候，说：“师不在时，陈相公来了。告诉他师的去处，相公只‘嗯’了一声便走了。”

玄机的脸色陡变。从前，外出不在，陈来也是常有的事。陈一向都是在书房里坐等。可是今天，明知就在近处，反而不等就回去了。玄机觉得蹊跷，陈与绿翘之间，必有什么私情。

玄机闷声不响，走进书房，坐在那里沉思良久。猜疑愈深，怒火愈炽。甚至觉得，方才在门口接她的绿翘，脸上都透着从未有过的轻蔑，耳畔仿佛响起陈用花言巧语哄骗绿翘的声音。

正在这时，绿翘进来上灯。坦然自若的神情，玄机看着也像是极其阴险狡诈。玄机霍地站起身，把门下了锁，颤着声音开始追问。绿翘一味答说："不晓得，不晓得。"玄机认为这奴婢狡猾透顶，把跪在地上的绿翘一把推倒，绿翘吓得睁大一双眼睛。玄机怒吼："为什么不说实话？"扼住绿翘的喉咙。而绿翘只有手脚挣扎的份儿。等松开手一看，绿翘死了。

玄机杀了绿翘，一时间还无人发觉。事后的第二天，陈来了，玄机以为他会问起绿翘，可是他没问。玄机忍不住先说了起来："绿翘那丫头，昨儿晚上就走了。"陈只是回了声："是吗？"似乎并未放在心上。观后有一大坑，头天夜里，玄机乘黑把绿翘的尸体抱到观后，扔到坑里，掩土埋上。

几年前，为了"生存的秘密"，玄机谢绝了一切客人。如今，为了"死亡的秘密"，玄机心怀恐惧：如果谢绝来客，会不会有人追寻绿翘的下落，盯住观内呢？于是打定主意，倘有殷切求见的，不再拒绝。

初夏，来了两三位客人，其中一人想纳凉，转到观后，发现挖过土的大坑底填着新土，上面麇集着亮晶晶的绿苍蝇。那人仅是有点奇怪，并未深思，随口将所见告诉同伴。同伴又讲给其兄，其兄恰在府衙里当差，几年前，曾看见陈在拂晓时分从咸宜观出来。其兄曾经趁机要挟玄机，敲诈钱财。玄机笑了笑，不加理睬。其兄从此与玄机结怨。现在，他听了弟弟的话，怀疑小婢的失踪与土坑的腥臭之间，必定有些关联。便跟几个衙役一起，拿着铁锄，来到坑里，挖开大坑。不足一尺的土下，埋着绿翘的尸体。

京兆尹温璋据衙役所报，命人逮捕鱼玄机。玄机没有丝毫抗辩，供认不讳。乐人陈某也给传讯，因不知情而释放。

以李亿为首，凡认识玄机的朝野人士，无不怜其才，设法求情。唯有温岐一人在方城为吏，远离京师，鞭长莫及。

京兆尹因案情大白，不能枉法。上奏懿宗，立秋处斩。

许多人为玄机受刑而哀叹，而最为伤心的，莫过于身在方城的温岐。

还是行刑的两年前，温浪游到了扬州。扬州是令狐绹于大中十三年罢免宰相任刺史之地。温因绹虽知己而不为用，心中怨恨，没有立即递上帖子。一天夜里，醉卧妓院，为虞侯所打，脸上受伤，门牙脱落。温愤怒之下，告到官府。绹令温与虞侯对质。虞侯极言温的秽行，结果判虞侯无罪，事情传到京里。温亲自赶赴长安，致书政要，为己辩冤。当时，徐商与杨收并列宰相，徐商有意庇护，杨收则不从，将温贬到方城为吏。制辞曰："孔门以德行为先，文章为末，尔既德行无取，文章何以称焉，徒负不羁之才，罕有适时之用。"温后来迁任随县，死于任上。其子宪与其弟庭皓，咸通中均为官，庞勋之乱时，庭皓被杀于徐州。那已是玄机被处斩三个月后的事了。

たかせぶね

高瀬舟

高濑舟乃一种小船，往来于京都高濑川上。德川时代[1]，京都的罪犯一旦给判处流刑，发配到远方小岛之前，便将其亲属叫到大牢，允许他们在牢里告别，然后把犯人解至高濑舟，押送去大阪。监押人犯的，是京都府衙属下的解差。按惯例，这个解差有权放一个罪犯亲属上船，陪到大阪，无须禀报上头，所谓眼开眼闭，算是一种宽大通融之举。

当时，发配到远方小岛的犯人，当然都身犯重罪，但是，因偷盗而杀人放火的凶恶之徒却为数不多，多半是无意中误犯重罪的人。举个最常见的例子，当初本想双双情死，女的给杀死了，男的倒活了下来。这种案例，便属此类。

高濑舟载着这类人犯，在暮钟声里徐徐起航，离开京都两岸黑

1　德川时代（1603—1867），日本明治维新前最后一个武士政权。

黝黝的人家，向东驶去，顺流而下，驶出加茂川。在船上，犯人和亲眷常彻夜长谈，千篇一律，净是些追悔莫及的唠叨。解差在旁听着，罪犯和亲眷的悲惨遭遇，也就得知其详了。这些遭遇，是大老爷在堂上问口供，抑或吏员在衙门里看供状，做梦也想不到的。

当解差的，脾气各不相同。这种时候，心硬的解差，听了讨厌，想捂起耳朵来；也有的解差，能够设身处地，替别人悲哀，虽然职务在身，不便表露出来，却也偷偷跟着难过；尤其是心肠软的解差，押解途中遭遇凄惨的犯人及其亲属时，甚至禁不住会掉下泪来。

因此，上高濑舟押送人犯，成了一桩不愉快的差事，府衙里的解差谁都腻味。

那是什么时候的事呢？也许是宽政年间[1]，发生在白河乐翁侯掌权时期吧。春日黄昏，智恩院的樱花随着暮钟声纷纷飘零，一个从未有过、十分稀奇的犯人给押上了高濑舟。

他名叫喜助，三十来岁，是个居无定所的流浪汉。本也没有亲眷可叫到牢里，所以是孤零零一个人上的船。

奉命押送一起上船的，是解差羽田庄兵卫，只听说喜助是个谋杀亲弟的罪犯。从牢里把他带到码头的路上，看他清瘦而苍白的面容，觉得这人老实本分，拿自己当官老爷般敬重，遇事也不顶撞，而且，丝毫没有罪犯中常见的那种故作温顺、阿谀取媚之态。

1　1789—1801年。

庄兵卫觉得奇怪。上船之后，职责攸关，固然要监视喜助，同时还时刻打量他的一举一动。

那一夜，傍晚时分，风停了。漫天的纤云，遮得月影朦胧。初夏的温煦，仿佛化成雾霭，从两岸与河床的泥土中升腾起来。小船离开下京一带，驶过加茂川，周遭一片寂静，但闻船头水声，溅溅淙淙。

夜船上，允许犯人睡觉，但喜助并没躺下，只是举头望月，默然无语。云影忽浓忽淡，月光也时明时暗。喜助脸上神情爽朗，眼里闪着微光。

庄兵卫虽然没正眼去瞧，但目光始终未离开喜助的脸。心里一直纳闷：奇怪，太奇怪了。因为喜助的脸，无论横看竖看，都像是很快活的样子，甚至让人以为，要不是顾忌解差，兴许会吹起口哨，哼起小曲来呢。

庄兵卫思忖道：我在高濑舟上押送犯人，至今也不知有多少回了，犯人几乎都是凄凄惨惨，令人目不忍睹。可是，这个人到底怎么回事？那神情，仿佛是坐船出游一般。听说罪行是杀弟，就算他弟弟是大坏蛋，也不管出于什么缘故杀的，按人之常情，心里总归不会好过。难道这个脸色苍白的男人，全然没有人性，竟是世上少有的恶人？可是怎么看也不像。也许他精神有毛病？不，不，他的言谈举止，没有一点不合常理的地方。那究竟是怎么回事呢？对喜助的态度，庄兵卫是越来越糊涂了。

过了一会儿，庄兵卫终于忍不住，开口道：“喜助，你想什么呢？”

“是。”喜助答应着，四下看了看，似乎怕自己有什么不是，受官差的指责，便坐正了身子，瞧着庄兵卫的脸色。

庄兵卫觉得应该说清自己突然发问的动机，表明自己不是以官差的身份说话。于是说道：“没什么。我只是问问你，没别的意思。其实呢，我方才就想问，去岛上究竟是怎么个心情？我用这条船押送过许多罪犯，什么样身世的人都有。但到岛上去，没有不悲哀的，准得跟上船送行的亲属一道哭个通宵。可是，瞧你这样子，好像并不觉得去岛上有多苦似的。你到底是怎么想的呢？”

喜助笑吟吟地说道：“承蒙老爷关心，多谢了。是啊，流放到岛上，对别人来说大概是一件可悲的事。那种心情，我理解得了。不过，那是他们在世上过得太舒适的缘故。京都当然是个好地方。在这个好地方，我吃过的苦，我想，是到任何地方也碰不到的。这回多亏大老爷慈悲，给我一条活路，让我到岛上去。岛上哪怕再苦，毕竟不是鬼待的地方。从前，不论到哪儿，都没有我的栖身之地。这回大老爷命我上岛上去，我就能在大老爷吩咐的地方落脚了，这就够让我感恩戴德的了。虽说我身子显得单薄，却从来不生病。到了岛上，不论活儿多苦，我想也累不垮。再说，这回送我到岛上去，还给了两百文钱，就放在这里。”说着，喜助用手摸摸胸口。当时规定，凡是流放到远方岛上的人，照例发给两百文钱。

喜助接着说道：“说来让您见笑。怀里能这样揣上两百文钱，我活到今天都还没有过。总想在什么地方有活儿可干，就四处去找，只要找到，会豁出命去干。挣来的几个子儿，总是右手进左手出，最后落到别人手里。那还是手头有现钱可买吃的，能糊口的时候，而大多数时候是才还债又借钱。自从进了大牢，什么活儿都不用干，还给饭吃。就凭这一点，我就觉得对不住大老爷。而且，离开大牢时，还发钱两百文。要是照旧有官家的饭可吃，这两百文就可以省下来，一直攒着。给自己攒钱，我平生这还是头一回。不到岛上，也不知有什么活儿可干。不过，有这两百文钱，就可以做干活儿的本钱，我正一心盼着呢。”说到这里，喜助便闭上了嘴。

庄兵卫只应了一声：“哦，是吗？”他越听越觉得出人意料，一时无言以对，默默沉思起来。

庄兵卫已人过中年，老婆生了四个孩子，再加上老母健在，是个七口之家。平素节俭度日，甚至到了人家说他吝啬的份儿。衣服之类，除了当差穿的制服，只有一件睡衣。不幸的是，娶的老婆，娘家是有钱的商人。老婆虽然有心用丈夫的禄米维持生计，无奈长在富裕之家，娇养惯了，像丈夫希望的那样撙节度日，她办不到。常常到了月底便入不敷出。于是，便瞒着丈夫向娘家要钱补足亏空，因为丈夫讨厌借债就像讨厌毛毛虫一样。这种事，不可能一直瞒住丈夫。即便每年的五节[1]向娘家要东西，或是庆祝小孩子七岁、五岁、三岁，从娘家拿些衣服来，庄兵卫心里都不自在，何况发现她靠娘家钱填补亏空，更是不会有好脸色。虽说造成家室不和的大事倒也没有，但是风波屡起，也都是这个原因。

如今庄兵卫听了喜助一席话，便拿来和自家相比。喜助说干活

1　即正月初七成人节、三月初三女儿节、五月初五端午节、七月初七七夕节和九月初九重阳节。

儿挣的钱，右手进左手出，都花掉交给人了，他的境遇实在可悲可悯。但是，回过头来看看自己，与他究竟又有多大差别呢？自己不也是从官家挣了禄米，右手进左手出，过日子花掉了吗？他与我的区别，仅是算盘上位数之差而已，就连相当于喜助感恩戴德的两百文钱那点积蓄，自己都还没有。

那么从不同的位数来看，难怪喜助把两百文钱也当成一笔积蓄而心满意足了。喜助那种心情自己也能理解。然而，不论位数差别多大，让人奇怪的是，喜助竟然不贪心，挺知足。

喜助在世上为找活儿干，吃了不少苦。找到活儿就豁出命去干，勉强能糊口就知足了。关进大牢之后，不用干活就能吃饱饭，那是一向轻易也挣不来的，简直是上天的恩赐，他感到惊讶，感到满足，这种满足是他有生以来从不知道的。

不论怎么去想位数之差，庄兵卫知道，彼此之间，毕竟存在很大的鸿沟。自家靠禄米维持生计，虽时有不足，大体上收支相抵，勉强能够维持。然而，对此却从来没有知足过。日子过得快活也罢，不满也罢，也从未感觉到。但他内心深处，也藏有疑虑：这样过下去，万一丢掉差事怎么办？生了大病又当如何？每逢知道老婆从娘家拿钱回来填补亏空，这种疑虑就会浮上心头。

这种鸿沟究竟是如何产生的呢？表面上看，喜助没有家累，而自己有，这样说未尝不可。但是，这是谎话。纵使自己独身一人，也未必会有喜助那样的心情。庄兵卫心想，这根源似乎在更深处。

人生中这类事，庄兵卫只是漠然地思索着。人生了病就会想，要是没病该多好。天天没吃没喝，就会想能吃饱多好。没有以备不时之需的积蓄，就巴望多少攒些钱。等有了积蓄，就希望多多益善。这样一步步想下去，真不知何处是底止。庄兵卫发现，如今喜助做出了样子：眼前就是止境。

庄兵卫好似发现了什么，惊异地瞧着喜助。此时，庄兵卫觉得，仰望夜空的喜助，头顶上仿佛放出了毫光。

庄兵卫凝目望着喜助的面孔，招呼道："喜助先生。"称他"先生"，并不是有意改口，一叫了出来，庄兵卫随即觉得不妥，既然话已出口，也无法收回了。

"是。"喜助应道，给人称作"先生"，似乎他自己也纳闷，胆怯地察看庄兵卫的脸色。

庄兵卫有些难堪，勉强说道："我问得似乎太多了，你这次流放到岛上，听说是因为杀了人。事情的起因能说说吗？"

喜助十分惶恐地说道："是的，老爷。"于是低声讲了起来，"实在是一时糊涂，做出那种可怕的事来，真不知说什么才好。事后想想，怎么能干出那种事来，连自己都觉得奇怪，简直像着了魔。在我小时，父母得了传染病，双双亡故，剩下我和弟弟两人。起初，街坊上的人就像可怜屋檐下的小狗一样，周济我们一些吃的，我们则给他们跑跑腿，免去了挨饿受冻，活了下来。渐渐长大后，哪怕出去找活儿干，我们兄弟二人也尽量不分离，总是在一起，相帮着干活儿。去年秋天，我和弟弟一起进了西阵的织锦作坊，开织机。不久，弟弟生病干不了活儿了。当时我们住在北山一个小窝棚里，天天要经过纸屋川桥才能到作坊做工。傍晚，我买些吃食回家，弟弟在等我，总是说，让我一人干活儿养活他，对不住我。有一天，我跟平时一样，下工回家，看到弟弟趴在褥子上，到处都是血。我吓了一跳，手中包吃食的竹皮包一扔，奔到跟前，连声问道：'怎么啦？怎么啦？'这时弟弟抬起苍白的脸，两腮和下巴全沾了血，看着我却说不出话来。他每喘一口气，伤口都发出嗞嗞的声音。我不知道究竟怎么回事，便问：'怎么回事？吐血了吗？'刚要靠近他，弟弟右手拄着褥子，把身子抬起一点。左手使劲摁着下巴底下，指缝里渗出黑血块来。弟弟用眼色制止我别靠近他，好不容易开口说出话来：'对不起，原谅我。我这病反正好不了，趁早死掉，好让哥哥多少轻省点。原以为割断喉咙就能死，没想到光是漏气，死不了。想割得深一些，再深一些，便使出全身力气扎下去，竟滑到了边上。刀刃好像没卷。我想，要是拔得巧，我就能死了。说话，憋得厉害，请哥哥帮我拔出来吧。'弟弟松开左手，气从那里漏出来。我想说什么，却说不出来，只是不出声地观察弟弟的伤口。看样子是右手拿剃刀，横着割喉咙，结果没死成，于是往深里一摁，刀就像剜进去一样。刀柄在伤口露出两寸来长。看这情形，我也想不出好法子，只是望着弟弟的面孔。弟弟也一动不动地望着我。好不容易我说道：'你等一等，我去叫大夫来。'弟弟眼里露出埋怨的神色，左手又使劲按住喉咙，说道：'大夫有什么用！啊，好难受，快点拔出来吧，求求你啦！'我也走投无路，只管看着弟弟的脸。这时，奇怪的是，眼睛也会说话。弟弟的眼睛说：'快拔！快拔呀！'一双眼睛埋怨似的看着我。我脑子里如同有个车轱辘，咕噜咕噜在转。弟弟的眼神十分可怕，不停地催促着。埋怨的神情渐渐变得严厉起来，仿佛看着死对头似的狠狠瞪着我。看到这情景，我终于想，只能照弟弟说的去办。于是我说道：‘没法子，那就给你拔出来吧。’弟弟的眼神豁然开朗，似乎很高兴。我心一横，朝前探出身子。弟弟松开拄着褥子的右手，一直按住喉咙的左手，这时用胳膊肘支撑了一下，身子倒了下去。我捏住剃刀把儿，一下拔了出来。正在这当口，附近老太婆推开大门走了进来。是我托她我不在家时，来服侍弟弟吃药照顾他的。因为屋里很暗，不知老太婆都看见了什么，只听她‘哎哟’了一声，敞着大门跑了出去。拔剃刀时，我一心想拔得麻利些，照直拔出来，但拔的时候，手的感觉像是碰了原先没割的地方。因为刀刃朝外，大概把靠外面的地方割破了。我捏着剃刀，怔怔地瞧着老太婆走进来又跑出去。老太婆一离开，我也清醒过来，又去看弟弟，他已经断了气，伤口流出许多血。我把剃刀放在旁边，一动不动地望着半睁双眼已经死去的弟弟，直到后来来了一群老人，把我带到衙门里。”

喜助说话时微微弓着腰，仰望着庄兵卫的脸色，等把话说完，便将视线移到自己腿上。

喜助的话说得很有条理，甚至过分地有条理。这是因为半年来，屡屡回想当时的事，再加堂下问口供，堂上受审讯，小心而又谨慎，被迫一再复述的结果。

庄兵卫听的时候，当时的情景如在眼前，听到半截，不禁心中起疑：难道这就算谋杀亲弟？能说是杀人犯吗？直到听完，这疑团也没解开。弟弟说，把刀拔出来就能死，求哥哥拔掉；而哥哥帮他拔出来，弟弟死了，就说哥哥杀了人。如果就那样不理不动，他弟弟迟早也得死。弟弟想快点死掉，因为受不了那个罪。喜助也不忍心瞧着弟弟活受罪，于是就让弟弟断了气，好使他解脱痛苦。这就算犯罪吗？杀人，当然有罪。但是，一想到这是为了不让人再受罪，不由得产生疑问，而且始终不得其解。

庄兵卫心里想来想去，最后归结一念：唯上面的裁断是听，唯权威意志是从。庄兵卫就以官老爷的裁断为自己的裁断。想是这么想，却总觉得还有点地方没闹明白，急切想向官老爷问个清楚。

更深人静，夜色朦胧，高濑舟载着默然相对的两个人，滑行于黑黝黝的水面上。

森鸥外生平及创作年表

1862年 2月17日，生于石见国（现为岛根县）鹿足郡津和野町。祖上历代为藩主侍医。父森静男，曾在长崎学过西医；鸥外是其长子，本名林太郎，号鸥外渔史、观潮楼主人。

1867年 11月，开蒙，学《论语》，继而学《孟子》。

1869年 入藩办学校养老馆学四书，通读五经，随后学《左传》《国语》《史记》《汉书》等。并随父及藩医学习荷兰文典。两年后，明治政府废藩设县，关闭养老馆。在养老馆就学期间，成绩优秀。

1872年 6月22日，随父陪同旧藩主北上东京。为学德文，进入文学社，下榻启蒙思想家西调府邸。

1874年 1月，入第一大学区医学校预科（后改名为东京大学医学部），因年龄太小而虚报两岁。

森鸥外出生地，位于岛根县津和野町

1880年 由宿舍搬至上条公寓。学写汉诗与和歌。

1881年 3月，上条公寓发生火灾。春，患肋膜炎。由东京大学医学部毕业。二十三人中，名列第八。12月，进陆军，被任命为陆军军医副（相当于中尉），分至东京陆军病院科。

1884年 6月7日，奉命留学德国，研究卫生学。8月24日，由横滨出港。10月11日，抵达柏林，当天日记写道："达德国歌伦。余解德国语。来此。得免聋哑之病。可谓快矣。"随即去莱比锡大学进修。

1885年 1月，用汉文译出豪夫童话《侠盗行》，发表于《东洋学艺杂志》。2月，用德文撰写《论日本士兵饮食》《论日本居室建筑》。5月，晋升为陆军一等军医，正七位。前往德累斯顿，参观抢救伤兵演习。8—9月，参加德国第十二军团演习，日后以此经历写出"留德三部曲"中的《信使》。10月，转至德累斯顿进修。

1886年 1月1日，前往皇宫，出席新年典礼，向阿尔伯特国王拜年。1月11日，出席法布利斯伯爵夫人晚会。2月10日，在宫廷舞会上，与毕劳伯爵小姐伊达重逢。3月，转至慕尼黑进修。结识留德画家原田直二郎，是为《泡沫记》男主人公的原型。6月13日，巴伐利亚国王路德维希二世于维尔姆湖（施塔恩贝格湖，小说《泡沫记》故事发生的舞台）溺水身亡。6月27日，曾去游湖凭吊。9月3日—18日，于施塔恩贝格湖避暑。

森鸥外纪念馆，位于德国柏林

1887年 4月，回到柏林，继续进修。9月16日—19日，随同石黑军医监出席国际红十字会第四次大会，并代替日本代表发言。

1888年 7月8日，随同石黑踏上归途。“即将回去的故乡，缺少培育这种萌芽的氛围，至少是‘还’没有。那点萌芽，会不会就此而枯萎呢？我不免有些担心。一种fatalistich（宿命的）阴郁之感袭上心头。”（《妄想》）9月8日，抵达东京。被任命为陆军军医学舍教官。9月27日，一位名叫爱丽丝的德国女郎追随来日，未见到森鸥外本人，在妹夫与弟弟的斡旋下，颓然而返。11月22日，兼任陆军大学教官。

1889年 1月，于《读卖新闻》发表《源于医学学说的小说理论》，介绍葛特夏尔批评左拉自然主义文学理论的《小说论》。翻译都德、豪夫的小说。3月9日，同海军中将赤松则良男爵的长女登志子结婚。7月，兼任东京美术学校专修科讲师，讲授美术解剖学。8月，在《国民之友》夏季附刊发表译诗《面影》，内收东西方诗歌，充分发挥日文与汉语的优势，最大限度表现出西方的诗歌情绪，成为明治时期新诗产生的契机。10月，以所得稿酬五十元为基金，创办评论刊物《栅草子》，并于创刊号上发表《论栅草子之本领》一文，提出该刊将以西方美学与诗学为基础，以“审美之眼光评论天下之文章，明其真伪，晓其优劣，以助自然之力，加速荡涤之

1888年在柏林的日本留学生，左上为森鸥外

功”“以滔滔文坛之流，设一栅门”。森鸥外以其留学期间对西方哲学、美学、文学理论的深厚修养，开始在文化上进行全面的启蒙，展开战斗的文艺批评。翻译莱辛、托尔斯泰等人的作品。

1890年　1月，《舞姬》问世，一举奠定其作家地位，成为日本浪漫主义文学的先导。8月，发表《泡沫记》。同评论家石桥忍月先后就《舞姬》《泡沫记》进行论争。9月，离婚。

1891年　1月，发表《信使》，并同石桥忍月进行论争。8月24日，获医学博士学位。9月，《栅草子》刊载《山房论文》《逍遥子之诸评语》，以及12月刊出的《早稻田的没理想》等文，同坪内逍遥关于文学上“没理想”问题，展开长达八个月的论争。翻译卢梭《忏悔录》等。

1892年　9月，担任庆应义塾大学讲师，讲授美学。10月，翻译哈特曼《审美论》，《栅草子》连载至翌年6月，未完。11月，翻译安徒生《即兴诗人》，由《栅草子》《目不醉草》连载，1901年2月结束。前后九年，倾注极大热情与心力，与二叶亭四迷翻译的屠格涅夫《幽会》《邂逅》成为日本近代翻译文学史上的经典。

1893年　11月14日，晋升为陆军一等军医正，任陆军军医学校校长。

1894年　8月1日，日本对中国宣战，甲午战争爆发。8月27日，

1892年的森鸥外

被任命为中路兵站军医部长。《栅草子》于当月停刊。11月，经大连、旅顺，驻扎柳树屯。同时授勋六等，获瑞宝章。

1895年　5月，战争结束回国，随即赶赴中国台湾，任台湾总督府陆军局军医部长。10月，回东京，仍任军医学校校长。

1896年　1月，兼任陆军大学教官。创办《目不醉草》，就文学艺术进行评论，与幸田露伴、斋藤绿雨共同发表《三人冗语》。7月，开始发表俳句。

1899年　6月，升为陆军军医监，调任第十二（小仓）师团军医部长。因受同僚妒忌、排挤，明升暗降，“左迁”至九州小仓。

1902年　1月4日，与大审院法官荒木博臣的长女茂子再婚。3月14日，被任命为第一（东京）师团军医部长。由小仓调回东京。

1904年　2月，日俄战争爆发，担任第二军军医部长，派往中国。

1905年　9月，日俄战争结束。

1906年　1月，回国。4月，被授予功三级金鵄章与勋二等旭日重光章。

1907年　3月，与诗人与谢野宽等人成立“观潮楼（和）歌会”。9月，担任文部省美术审查委员会第二部（西洋绘画）委员。11月13日，升任陆军军医总监、陆军省医务局长。

1899年，森鸥外于观潮楼茶室

1905年，日俄战争时期的森鸥外

1909年　1月，木下经太郎、吉井勇创办《昴星》，成为森鸥外重返文坛、发表作品的主要阵地。而后，石川琢木、上田敏、永井荷风、北原白秋、高村光太郎等一批年轻诗人亦加入进来，以森鸥外为中心，与谢野宽、与谢野晶子为指导，成为日本唯美主义与新浪漫主义的先驱。7月，获文学博士称号。

本年发表的主要作品：

《半日》（《昴星》3月号）

《假面》（《昴星》4月号）

《追傩》（《东亚之光》5月号）

《恳亲会》（《美术之日本》5月号）

《催眠》（《昴星》6月号）

《性欲生活》（《昴星》7月号）

《鸡》（《昴星》8月号）

《金币》（《昴星》9月号）

《金毗罗》（《昴星》10月号）

《我的立场》（《新潮》12月号）

写小说之余，还译介易卜生、王尔德、邓南遮等人的剧作。

1910年　2月，担任庆应义塾大学文学科顾问，推荐唯美作家永井荷风任教授。5月，《三田文学》创刊，永井荷风任主编，成为森鸥外发表作品的园地之一。当月发生“大逆事件”，对社会主义者、无政府主义者进行大镇压。

借口“暗杀天皇未遂”，以“大逆罪”判处幸德秋水等二十四人死刑，翌年1月行刑。《昴星》同人平出修为此案的辩护人，森鸥外得知有关无政府主义的一些情况，明治政府对思想、艺术的镇压，令知识界噤若寒蝉。森鸥外于年底发表的《沉默之塔》《食堂》，可视为一种婉转的批判。

本年发表的主要作品：

《杯子》（《昴星》1月号）

《青年》（《昴星》1910年3月—1911年8月号）

《栈桥》（《三田文学》5月创刊号）

《修建中》（《三田文学》6月号）

《花子》（《三田文学》7月号）

《回声》（《中央公论》8月号）

《沉默之塔》（《三田文学》11月号）

《食堂》（《三田文学》12月号）

与此同时，还译介福楼拜、爱伦·坡、萧伯纳等人的小说与戏剧。

1911年 5月，担任文部省文艺委员会委员，并接受委托，翻译《浮士德》。8月17日，担任美术审查委员会第二部主任。

本年发表的主要作品：

《蛇》（《中央公论》1月号）

《临床病历》（《三田文学》2月号）

《妄想》（《三田文学》3—4月号）

《藤柄绘》（《三田文学》5—6月号）

《殉情》（《中央公论》8月号）

《雁》（《昴星》1911年9月—1913年5月号）

《百鬼故事》（《中央公论》10月号）

《灰烬》（《三田文学》1911年10月—1912年12月号，未完）

本年所译豪普特曼《寂寞的人》，8月下旬于东京帝国剧场上演。

1912年 7月30日，明治天皇驾崩，两个月后，出殡当日，乃木希典大将偕夫人殉死，森鸥外颇为震惊，写出第一篇历史小说《兴津弥五右卫门的遗书》。由于“大逆事件”后，对思想界实行高压政策，森鸥外从此转向历史小说创作。

本年发表的主要作品：

《仿佛》（《中央公论》1月号）

《鼠坂》（《中央公论》4月号）

《打嗝》（《中央公论》5月号）

《藤棚》（《太阳》6月号）

《羽鸟千寻》（《中央公论》8月号）

《田乐豆腐》（《三越》9月号）

《兴津弥五右卫门的遗书》（《中央公论》10月号）

本年译完《浮士德》，以及里尔克、陀思妥耶夫斯基等人的作品。

1911年，森鸥外于武石弘三郎的工作室

1913年　所译名剧《浮士德》第一部、莎翁《麦克白》等均在帝国剧场上演，创作的历史小说《阿部家族》等也被搬上舞台。另外还译出《歌德传》《浮士德考》、易卜生的《娜拉》等。12月，《昴星》停刊。

本年发表的主要作品：

《阿部家族》（《中央公论》1月号）

《佐桥甚五郎》（《中央公论》4月号）

《槌一下》（《中央公论》7月号）

《护持院原的复仇》（《杜鹃》10月号）

1914年　1月《我等》创刊，八个月后停刊。5月前往仙台、札幌等地视察军队卫生情况。

本年发表的主要作品：

《大盐平八郎》（《中央公论》1月号）

《堺事件》（《新小说》2月号）

《安井夫人》（《太阳》4月号）

此外尚在《我等》发表《译诗十一篇》。

1915年　4月24日，获勋一等瑞宝章。11月，出席大正天皇即位大典。

本年发表的主要作品：

《山椒大夫》（《中央公论》1月号）

《尊重历史与摆脱历史的束缚》（《心之花》1月号）

《两个朋友》（《阿尔斯》6月号）

《鱼玄机》（《中央公论》7月号）

晚年的森鸥外

《余兴》（《阿尔斯》8月号）
《阿公阿婆》（《新小说》9月号）
《最后一句话》（《中央公论》10月号）

1916年 1月，正式辞去医务局长一职。7月，获旭日大绶章。
12月9日，夏目漱石去世，出席葬礼。
本年发表的主要作品：
《高濑舟》（《中央公论》1月号）
《椙原品》（传记小说，《东京日日新闻》1月1日—8日）
《涩江抽斋》（《东京日日新闻》1月13日—5月18日）
《寒山拾得》（《新小说》1月号）
《空车》（《东京日日新闻》5月6日、7日）
《伊泽兰轩》（传记小说，《东京日日新闻》1916年6月25日—1917年9月15日）

1917年 12月，担任宫内省帝室博物馆总长兼图书头。本年主要作品仅有《北条霞亭》等少数几部传记小说。

1919年 9月，帝国美术院成立，担任第一任院长。

1920年 1—2月间，患流感与肾炎。

1922年 6月，病情恶化，身为医生，却终身拒绝医生诊视，首次接受诊断。病名为“肾萎缩”，实际上，肺结核症状亦在急剧发展。7月6日，向挚友贺古鹤所口述遗嘱：余欲以森林太郎名分死去……墓碑除刻“森林太郎墓”外，不可多刻一字。7月9日早上七点，逝于家中。7月

13日，葬于向岛弘福寺。翌年9月，毁于关东大地震。故于1927年改葬在三鹰市禅林寺。

1923年 1月，第一次出版《鸥外全集》共十八卷。1971—1975年，岩波书店再次编辑大全的《鸥外全集》，全三十八卷，把翻译与医学论文等也编入，可谓搜罗无遗。

森鸥外之墓，位于东京禅林寺

欢迎您从《舞姬》走进
读客三个圈经典文库

亲爱的读者，感谢您选择读客三个圈经典文库。

我们的封面统一使用“三个圈”的设计，读者可以凭借封面上形式各异的“三个圈”找到我们，走进经典的世界。

你想成为什么样的人？

对你来说什么是重要的？

这个世界应该是什么样子？

我们在生命中遇到的这些问题，或许可以在浩如烟海的文学经典中找到答案。

跟随读客三个圈经典文库，认识世界、塑造自我，成为更好的人！

《漫长的告别》

《西西弗神话》

《人间失格》

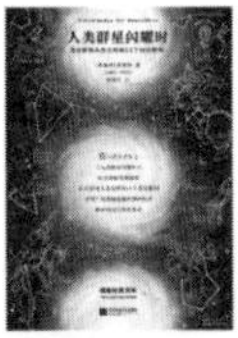

《人类群星闪耀时》

《鼠疫》

《小王子三部曲》

《局外人》

《月亮与六便士》

《基督山伯爵》

《罗生门》

读客三个圈经典文库

精神成长树

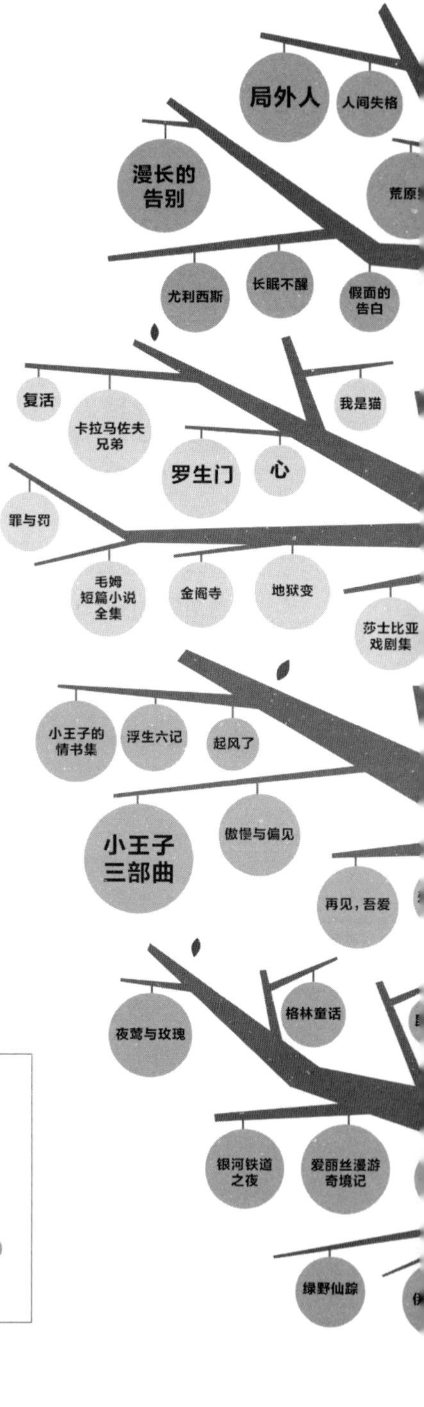

你想成为什么样的人？
对你来说什么是重要的？
这个世界应该是什么样子？

我们在生命中遇到的问题，每个时空的人都经历过，一些伟大的人留下一些伟大作品，流传下来，就成了经典。正是这些经典，共同塑造并丰富着人类的精神世界。

我们重新梳理了浩若烟海的文学经典，为您制作了精神成长树。跟随读客三个圈经典文库，汲取大师与巨匠淬炼的精神力量，完成你自己的精神成长！

树干：

不同的精神成长主题，您可以挑选任意感兴趣的主题进行深入阅读

例如：
寻找人生意义
探索自己的内心
拥有强大意志力
理解复杂的人性
…………

枝丫上的果实：

我们为您精选的经典文学作品

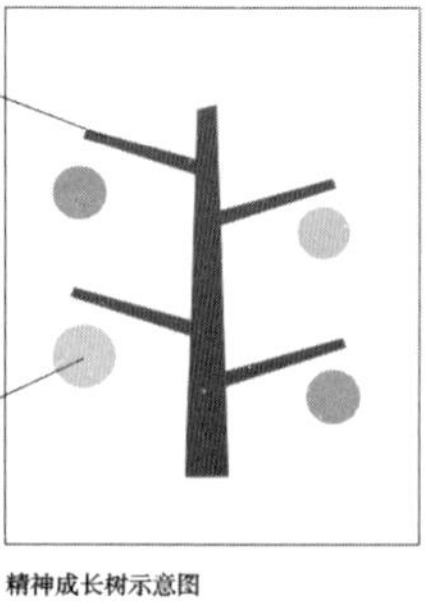

精神成长树示意图

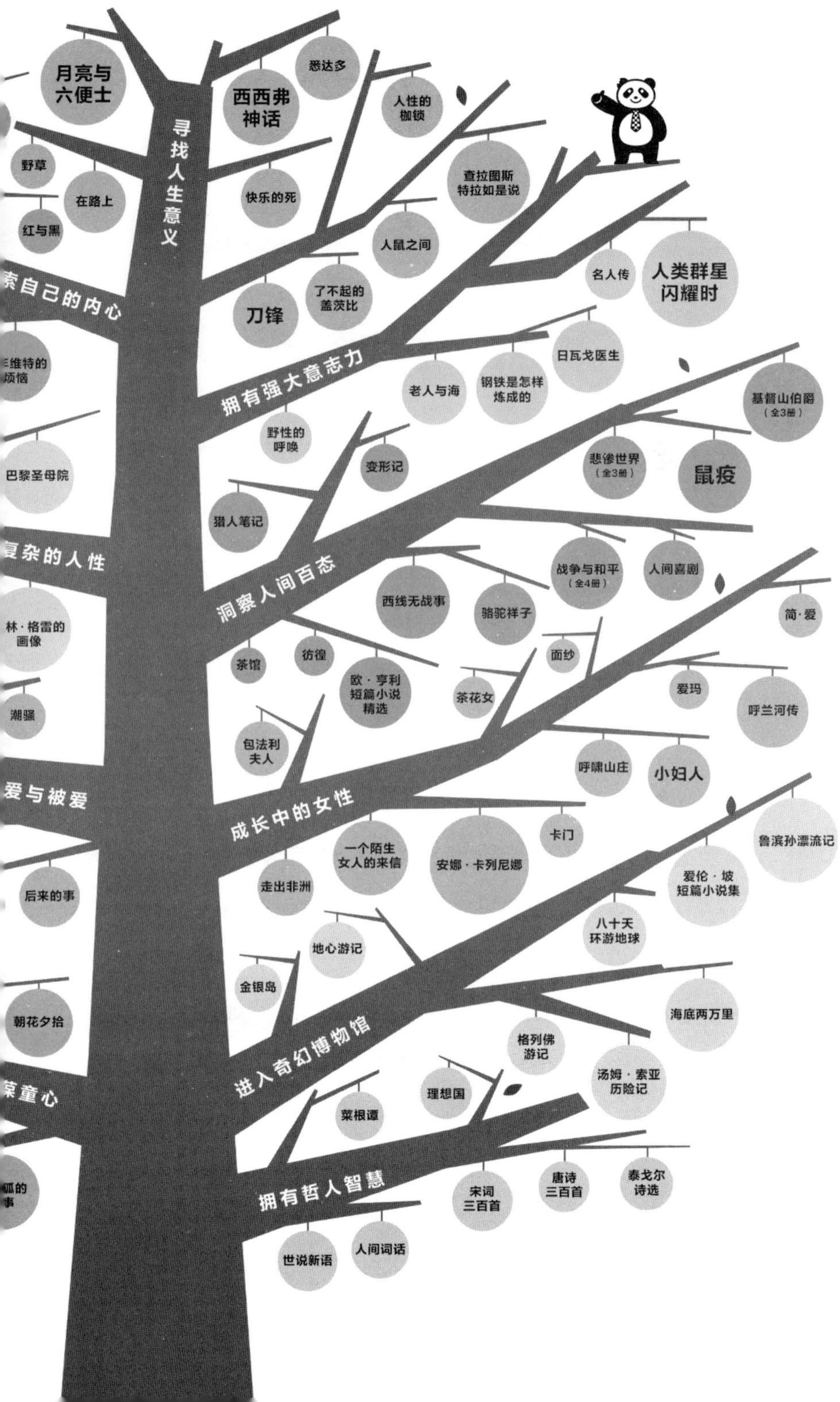

寻找人生意义
月亮与六便士
西西弗神话
悉达多
人性的枷锁
野草
在路上
快乐的死
查拉图斯特拉如是说
红与黑
人鼠之间
名人传
人类群星闪耀时
索自己的内心
刀锋
了不起的盖茨比
日瓦戈医生
拥有强大意志力
老人与海
钢铁是怎样炼成的
基督山伯爵（全3册）
维特的烦恼
野性的呼唤
巴黎圣母院
变形记
悲惨世界（全3册）
鼠疫
猎人笔记
复杂的人性
洞察人间百态
战争与和平（全4册）
人间喜剧
西线无战事
骆驼祥子
简·爱
林·格雷的画像
面纱
茶馆
彷徨
欧·亨利短篇小说精选
茶花女
爱玛
呼兰河传
潮骚
包法利夫人
呼啸山庄
小妇人
爱与被爱
成长中的女性
卡门
鲁滨孙漂流记
一个陌生女人的来信
安娜·卡列尼娜
走出非洲
爱伦·坡短篇小说集
后来的事
八十天环游地球
地心游记
金银岛
海底两万里
朝花夕拾
进入奇幻博物馆
格列佛游记
汤姆·索亚历险记
理想国
菜根谭
童心
拥有哲人智慧
宋词三百首
唐诗三百首
泰戈尔诗选
世说新语
人间词话

如果你喜欢《舞姬》
你可能也会喜欢“学会爱与被爱”书单

读客

激发个人成长

多年以来，千千万万有经验的读者，都会定期查看熊猫君家的最新书目，挑选满足自己成长需求的新书。

读客图书以“激发个人成长”为使命，在以下三个方面为您精选优质图书：

1. 精神成长

熊猫君家精彩绝伦的小说文库和人文类图书，帮助你成为永远充满梦想、勇气和爱的人！

2. 知识结构成长

熊猫君家的历史类、社科类图书，帮助你了解从宇宙诞生、文明演变直至今日世界之形成的方方面面。

3. 工作技能成长

熊猫君家的经管类、家教类图书，指引你更好地工作、更有效率地生活，减少人生中的烦恼。

每一本读客图书都轻松好读，精彩绝伦，充满无穷阅读乐趣！

图书在版编目（CIP）数据

舞姬 /（日）森鸥外著；高慧勤译 . -- 南京：江苏凤凰文艺出版社，2020.1（2023.12 重印）
（读客经典文库）
ISBN 978-7-5594-3886-7

Ⅰ . ①舞… Ⅱ . ①森… ②高… Ⅲ . ①短篇小说 - 小说集 - 日本 - 现代 Ⅳ . ① I313.45

中国版本图书馆 CIP 数据核字 (2019) 第 148016 号

舞姬

［日］森鸥外 著　　高慧勤 译

责任编辑　丁小卉
特约编辑　陶　旎　　王心怡　　车　童
装帧设计　肖　雯
内文插图　谢鑫丽
责任印制　刘　巍
出版发行　江苏凤凰文艺出版社
　　　　　南京市中央路 165 号，邮编：210009
网　　址　http://www.jswenyi.com
印　　刷　三河市兴博印务有限公司
开　　本　880 毫米 ×1230 毫米 1/32
印　　张　8
字　　数　139 千字
版　　次　2020 年 1 月第 1 版
印　　次　2023 年 12 月第 6 次印刷
标准书号　ISBN 978-7-5594-3886-7
定　　价　49.90 元
